金牌小说

Awarded Novels
长青藤国际大奖小说书系

Listen, Slowly

十二岁的旅程

〔美〕赖清河 著　罗玲 译

晨光出版社

一段关于爱与陪伴的人生旅程

《十二岁的旅程》是我翻译时情绪起伏最大的作品。无论是在翻译阶段还是校稿阶段，都时而大笑，时而大哭。为此我还给编辑发过短信，告诉她这本小说翻译得我心疼，是那种生理上的疼，真真切切的疼。为了奶奶，为了爷爷，也为了阿梅。

阿梅出生和生长在富裕安宁的美国，从小与大海为伴，长成少女之后开始怀揣青春期的烦恼，有关女孩们的友谊。阿梅的奶奶在阿梅心中仿佛是一尊隐身的女菩萨：她没有物质的要求，没有大悲，没有大喜；她不会说英语，和周围的世界格格不入；她不出远门，不贪美食，不爱华衣；当然她爱家人，她也是家里人的宝贝。

就是这样一位几乎不强调存在感的慈祥奶奶，在阿梅十二岁那年的夏天却执意要从美国飞回越南，去做一件让阿梅"痛失美好暑假"的大事——寻找爷爷。

阿梅的爷爷奶奶在年轻时真诚地爱着彼此，组建了家庭，并且生儿育女。他们用他们书信中的情话给孩子们命名，他们在战火纷飞的年代凭借对彼此深沉而毫不动摇的爱坚定地活着，为的就是实现当初的承诺——他们一定要越过炮火再相见。后来，奶奶带着孩子们逃难，在异国他乡落脚，但她一刻也没有忘记过她的丈夫。

爷爷失踪了。是战死了吗？奶奶不相信。爷爷奶奶的爱情是相互坚守和不离不弃，几十年之后，奶奶拼着最后的力气飞越半个地球回到了越南。侦探提供的线索会有用吗？奶奶能找到爷爷吗？阿

梅要怎么做才能帮助奶奶完成这一生中最强烈的心愿呢？

在这段旅程中，十二岁的阿梅慢慢认识了几乎完全陌生的故乡。遥远又略显神秘的越南慢慢揭开面纱，友好而温暖地接受了这个十二岁的少女。越南给了阿梅全新的世界，她寻找到了身份的认知，收获了难能可贵的友谊。阿梅长大了。

翻译过程中，在每一个面对电脑与阿梅和她的奶奶单独对话的夜晚，我在键盘上敲出一段又一段让我感动不已的故事，然后想起了我的外婆。我的外婆也有一段坎坷起伏的经历，她在一生中抚养了多个子女，外公去世后，独自保存着深沉的思念……只可惜，关于外婆的故事，大都是从妈妈口中听来的，我从来没有和外婆好好聊过天。如果我像阿梅一样，可以花些时间陪在外婆身边，也许我就能听到外婆的整个人生了。

寻找自己的根，那是每一个人喜怒哀乐的大舞台。寻找祖辈的故事，那里有儿孙们幸福的港湾——家和爱。

翻开书，让我们和阿梅一起踏上这段关于陪伴与爱的人生旅程。

罗玲

目录
Contents

Listen, Slowly

十二岁的旅程

第一章

完蛋了，我的夏日海滩梦

爸爸刚一朝我这排座位快步走过来，我就迅速扭过脸，朝飞机的舷窗外看去。其实窗外也没什么好看的，除了云还是云，不过看什么都比看爸爸那张写满了"很抱歉这么对待你"的虚伪的脸要好。

爸爸在等着我转过脸去看他。准没错。我哪怕轻轻瞟一眼都会招来他们的一顿唠叨，关于寻根什么的。那些是他的根，又不是我的。我是一个生活在拉古纳海滩的女孩，我可以单腿划冲浪板，我喜欢吃的是鱼肉玉米饼和芒果沙冰。能有一个像我这样的女儿，爸爸妈妈该谢天谢地了：作为一名十二岁的少女，我不抹唇彩，不穿超短裤，GPA [1] 平均成绩和SAT [2] 学习能力词汇测试得分都是 4 分。我还是学校田径队的队长、科学俱乐部还有象棋社的社长。今年暑假我本来可以在海滩上好好放松一下我的大脑，可是现在却被迫坐上了这架深更半夜还在飞的飞机！

就在昨天晚上，当我还沉浸在"六年级终于结束了"的轻松和喜悦里的时候，爸爸妈妈就给我来了当头一棒。我当时满脑子都在想我的暑假、日落，还有营火……可是不对劲儿啊，爸爸妈妈眼神怪异，满脸笑容地轻声对我宣布，我得陪爸爸的妈妈——也就是我的奶奶回越南——整整六个星期！

"奶奶需要你。"在我表示抗议的时候爸爸对我说。

其实爸爸每年夏天都会回越南，不过今年他在越南可能太忙了，他要徒步前往最偏僻的山区，到那里去建立只有他一个医生的卫生所，治疗那些患有唇腭裂和急性烧伤的儿童。我暗示爸爸或许今年他可以先不去建诊所，但大善人医生用山区的现状噎得我说不出话来。显然，那些手被烧伤的孩子们正忍受着剧烈的疼痛，他们的手指头因为受伤导致皮肤收缩而无法伸直。那些患唇腭裂的孩子就更凄惨了，吃的东西和喝的水都会从鼻子里涌出来。大善人医

---

[1] 全称是Grade Point Average，即平均成绩点数（平均绩点），美国普通课程的GPA满分是4.0分。——编者注

[2] SAT（Scholastic Assessment Test），即学术能力评估测试，俗称"美国高考"，由美国大学委员会（College Board）主办，其成绩是世界各国高中生申请美国大学入学资格及奖学金的重要参考。——编者注

生总是收治过多的病人，以至于治不过来，于是每一次巡诊快要结束的时候，他都会选出下一批病人，他们眼巴巴地盼望着医生第二年回去给他们治病。每年六月，被挑选出来的病童和他们的家人都会撇下家里的庄稼和牲口，花上好几天的时间赶去他的诊所。当然，我不能指望他失信于他的病人。

负疚感。我们家人总是觉得欠了别人什么。

接下来说说我妈妈。妈妈也谈论祖宗啊血脉啊这些事情，还说要接受这些根植于一个人灵魂深处的东西，诸如此类的话听得人都想吐了。而且在打住话题之前，她总是充满遗憾地抱怨自己不能回越南去。说什么有个官司，查了三年就要起诉了。她以承接针对妇女的最野蛮罪行的案子而闻名，称得上是个圣人，绝对的圣人。

今年的暑假，是我盼了许久的。我终于满十二岁了，可以不需要大人陪同，自己一个人坐穿梭巴士去海边了。我最好的朋友蒙塔娜和我早早就做了新发型，买好了新的游泳衣。她的是一套比基尼，泳裤上印着一个粉色蝴蝶结图案；我的是两件套，我的身材像个男孩子。蒙塔娜对她的身材很是得意，可是这有什么好骄傲的，这不和南加州的人得意他们有阳光是一回事儿吗？她又没做什么，身材是自己长成那样的。

我特别努力地尝试反驳妈妈，说我也必须要待在拉古纳。我也必须让我的计划顺利进行。可是我哪儿说得过橙县的金牌检察官啊？更何况我不得不说得含含糊糊，我要是承认我是为了一个男孩才想留下的，那我就死定了。他一在班上就一首诗歌高谈阔论时我就开始注意他了，从那以后，我的胃里就扑腾得像台烘干机似的。他的肩头的确有些卷发，难道和这有关？我知道今年夏天他会一直待在安妮塔海滩，我暗自下了决心，我要和他实实在在地说上话。我还没有跟任何人提过他的名字，当然更不能和蒙塔娜提。

跟爸爸妈妈争辩无果后，我尖叫着跺着脚回到房间，狠狠地关上门又把书都摔到了墙上。最后这个动作真是心疼死我了——我最喜欢书了。但我的这番闹腾全都于事无补。

我现在还是上了飞机。

爸爸托起我的下巴，转过我的脸，逼着我正视他的眼睛："我知道我们对你的要求有点儿多，不过除了你自己之外，你也该稍稍为别人想想。"

我知道我这个小孩子的焦虑远远比不上奶奶曾经受过的苦难。毕竟，她在战争中失去了丈夫，"战争"这两个字在我的脑子里随时都是被大写出来的。说我自私也好，不自私也罢，只要别再让我听奶奶的血泪史，那我还是可以回去的。

只要说到奶奶，自动就会联想到我的爷爷，因为他们俩总是联系在一起。爷爷奶奶做了这个，爷爷奶奶做了那个。就像爸爸妈妈也总是联系在一起一样。爷爷在一次军事行动中失踪了，奶奶独自养大了七个孩子。她把他们带到美国，供他们上学。七个孩子长大以后一个当了医生，四个成了工程师，一个是教授，还有一个是会计。奶奶从来不要求什么，不过爸爸妈妈还有伯伯和姑姑们会给她买各种东西：毛衣、浴袍、软拖鞋、走路穿的舒服鞋子、加热器、扇子、有香味的乳液、没有香味的乳液，还有大电视（因为她的视力变差了,后来又换成了小电视——因为她看大电视觉得头晕）……没完没了的东西。

很难想象奶奶会固执得想要什么东西，更别说是一趟跨越地球的旅行了。她一直都和我们住在一起，我甚至都想不出她要求过我们什么,哪怕是给她倒一杯水。她总是用那种棕色的、很凉快的、软软的布料给自己缝制衣服。她在卫生间的水槽里洗衣服，然后在浴缸里把它们晾干。她给自己做米饭、豆腐和绿色蔬菜，她用可爱的玻璃餐具盛饭菜，餐具放在她起居室里那个方形的冰箱里。在起居室里还有一个小烤箱和只够煮一碗米的小电饭锅。奶奶很少离开她的这块领地。

"阿梅，你就想这次旅行其实也是为了你啊，去看看你是从什么地方来的。"

"啊啊啊啊啊啊！"我用飞机上的枕头捂着嘴巴歇斯底里地大叫起来，然后又赶紧把枕头扔了，因为枕头里肯定有虱子或别的什么寄生虫。

我的尖叫触怒了爸爸。他眼睛眨得飞快，好像里面飞进了很多小虫子一样。他强忍着怒气，从紧咬的牙缝里挤出一句话："奶奶今年夏天是因为一些私人的事情才要回去的。"

"有什么事情那么重要啊？她的儿女、孙子孙女都在加利福尼亚。她的生活在那儿，我的生活也在那儿。"我的声音很大，可是我才不管呢。

"奶奶一直心存疑惑，这几十年来始终如此，后来她终于接受了……我觉得她已经接受现实了，可是那个啰唆的、自称侦探的家伙给她写了封信。我是觉得这事不太靠谱，可是……"

"你在说什么呢？什么啰唆侦探？我还是没弄明白我们为什么要回越南。"

爸爸嘶嘶地压低声音说："奶奶觉得爷爷还活着，这就是为什么。"

爷爷不可能还活着。在这件事情上我还是很理智的。奶奶就是心存侥幸，爸爸不过是顺着她的心意，可是事实就是事实。为什么只有我一个人明白爷爷已经不在了呢？

我拼命想把爸爸叫回来，当然我是真想跟他讲讲道理，可是他到飞机的尾舱去了，现在正用食指给一位上了年纪的乘客按摩太阳穴缓解晕机呢。好多人都举手想要请他帮忙，因为大家都看到他刚才是怎样照顾坐在我前排浑身发抖的奶奶的，他甚至又给了奶奶一大片蓝色安眠药。我也问爸爸要那种药吃，可是他不给，他说我得在漫长的飞行过程中全程保持清醒。顺便说一下，飞机上的每位乘客都单独占了一排座位，因为飞机上人太少了。渴望飞往爸爸妈妈那深爱着的故乡的人就这么多了。

爸爸越早让奶奶相信爷爷已经不在了，我们就能越早快马加鞭地返回洛杉矶。他其实就该直接说出来。在我看来，奶奶是一个很务实的人，她平时把吃剩的每一粒米都用来喂后院的小鸟，刷牙都只用半杯水。

爷爷被列为失踪人员的时候，爸爸只有两岁。那场战争拖拖拉拉一直打到 1975 年的 4 月 30 日才结束。爸爸妈妈已经把这个日子深深地刻在了我的脑子里。每一年，他们都要弄一个仪式来纪念家园失守的日子。已经 35 年了，可是他们的表情依然很严肃，很严肃。他们没给我起名叫"四月三十日"真是出乎意料。在家里，他们叫我阿梅（Mai），在学校，我的名字叫米娅（Mia）。相信我，到现在他们都为自己给我起名字的这点儿小聪明沾沾自喜。他俩满面笑容地跟我说这叫"双元文化"。我都懒得跟他们说我根本就是个单一文化的人，不过我会告诉他们的。等我回来了，又能站在沙滩上的时候，我就告诉他们。

爷爷已经死了几十年了，他最小的儿子，也就是我爸爸，都有白头发了。假设爷爷还活着，这个假设可是太大胆了哦，他早就该找到奶奶了啊？作为一个懂科学的人，爸爸只有一个理性的选择，那就是赶紧送我和奶奶回家。

爸爸终于回到了我的座位旁边。"你怎么不睡觉？"

"你给我吃那个蓝色的药片了吗？没有吧？"我的声音有点儿阴阳怪气，可是我就是控制不住。

"别像个嘴巴没有把门的女孩那样说话，懂事点儿。"

"我说什么了啊……算了。爷爷不可能还活着。"

"是奶奶觉得爷爷还活着，"爸爸有点儿生气地说，"等我看见那个啰嗦侦探，我非得……"

"往他嘴里塞药片？"我忍不住打断了我爸。我本来还想继续说下去，不过我忍住了。"也就是说必须要让那个侦探使奶奶相信爷爷已经死了，对吗？"

"对。只要她接受了爷爷真的已经不在了，你们俩就可以回来了。阿梅，我希望你一直陪着她，直到她接受现实为止。她这一辈子，就只有这一个愿望，就让她去吧。如果我们连她的这个愿望都反对的话，那我们成什么人了？"

噢，上天呀！大善人医生刚才给了我一个美好的愿景，此时此刻我都想亲吻生活啦。我的心跳得很快，都要从嗓子眼里蹦出来了。三天以后，最多四天，我就可以去海滩啦。我们将在越南着陆，爷爷肯定不可能在那儿迎接我们，我们将痛哭一场，烧点儿香蜡纸钱，然后就可以回家，回家，回家啦。我强忍着没有跳起舞来，毕竟这是个庄严的时刻。

"对于奶奶，这是件很伤心的事，"爸爸说，"我不了解我的父亲，也无从想念，对他没有更多的感觉，我挺内疚的。不过，我一直都在想象奶奶到底是什么感受。爷爷七岁、奶奶五岁的时候，他们就定了娃娃亲。"

"我一直觉得这种事情很奇怪。这合法吗？如果他们长大以后真的不喜欢对方怎么办？"

"他们俩是相爱的。他们的父母肯定预见到他们会彼此相爱的。"

说到这儿，爸爸的眼眶忽然变红了。没来由的，爸爸伸手拥抱了我，我的脸蹭在他那件胸前有好多口袋的衣服上面。我吓了一跳，然后也拥抱了他。爸爸身上有很重的肥皂味、酸酸的汗味，还有浓浓的药味。突然，爸爸站起来，回到了他自己的那排座位上。

　　我以前从来没有想过这个问题，可是如果我爸失踪了怎么办？我去上学，挥手和他说再见，最后发现那是我见他的最后一面……这个想法把我给吓坏了，我呆呆地坐了好一会儿。我想如果是那样，我一定会非常非常想念他，一直想到五脏俱焚，留下一个永远补不起来的空洞。

第二章
这 就 是 我 的 故 乡

　　情况在好转。我们在香港转机，当地时间比加州早15个小时。也就是说，现在已经是计划好的45天行程的第二天了。相信我，我一定会改签机票提前很多天回去的。至于我爸嘛，总是在帮某个需要紧急救治的人。

　　奶奶冲我招手，于是我到她那排去坐了，我永远都不会惹她不高兴。奶奶还是第一次没有穿那件软塌塌的像睡衣一样的棕色衣服，而是穿了一套褐色的旅行套装，那布料厚得呀，裤腿都不带摆动的。那是妈妈好几年前买的，可是从来就没有说服奶奶穿上过。奶奶很少出门。只要车速超过 30 迈她就晕车，所以每次坐车对她来说都是很痛苦的。然而这次，她居然飞越了大半个地球。我渐渐意识到了，没有任何事情能够阻止她来这一趟。

现在奶奶笑得最开心了，在她的眼角有着像伸开的手指一样的皱纹，嘴巴周围也有一圈一圈的细细的皱纹，就像我小时候画的太阳光。她手上的皮肤也是皱巴巴的，皱纹形状就像一块一块的拼图。奶奶的头发几乎全白了，而且很稀疏，毕竟她已经 79 岁了。她把头发梳到后脑勺上盘成一个洋葱的形状，她称之为发髻。我以前挨着她睡觉的时候总是玩她的头发，现在那个发髻也比以前小多了。

奶奶拉过我的手，在我的掌心里放了四分之一块柠檬糖。她总给我四分之一块，因为一整块太酸，口水会流个不停，而且还会刺激上颚，四分之一块酸酸甜甜刚刚好。以前在我被罚面壁思过时，奶奶总会偷偷给我四分之一块柠檬糖，我便咯咯地笑个不停，妈妈听到了，就会改罚我背九九乘法表。

"Ăn đi con." 她叫我吃。"Bà biết mà, không sao đâu." 她明白，没必要担心。

我真希望我并没有担心着等我回去的时候那个小海滩到底会发生什么事情。可是我无法不去想，就像我无法说服爸爸立刻给我和奶奶买票送我们回去一样。

奶奶又说了一次"不用担心"，我朝她点点头，表示我听懂了。我没有对爸爸妈妈提起过，其实我还依稀记得很多越南话。在记忆力这方面我比爸爸妈妈强得多，比如我知道家里的有线电视密码——因为他们总是当着我的面传来传去的。不过，我从来没有机会自己一个人在家看过。另外我还知道家里我姑姑、我伯伯，还有我表哥表姐们的各种秘密，不过这些秘密一点儿都不好玩。

对了，我的那些亲戚们，今年夏天他们在哪儿呢？好吧，我问过了，答案很标准：每个人都很忙。忙着挣钱，忙着实习，忙着复习考 LSAT[3]、MCAT[4]、GMAT[5]、GRE[6]、SAT。忙忙忙，反正就是忙。而我，作为家里最小的孙女，被列为最有空的一个，就是说，我是最不重要的那一个，就是说，我是唯一一个有空陪奶奶的人。

我以前还可以大段大段地跟奶奶用越南话交谈，反正他们是这么告诉我的。可是自从上了幼儿园，我和奶奶就很少聊天了。上幼儿园的第一天，我说了一句"我看见车，红色的"，结果被一个男孩子嘲笑。其实，那就是从越南话直译过去的。后来我就再也不说越南话了，而奶奶从来没有学过英语。

奶奶还是会跟我说话。我会听她说，然后点头，咧着嘴大笑，就像个两岁的孩子。我要是现在还可以跟她聊天就好了。我很想问问她是否真的觉得爷爷还活着？我会问：那个

---

[3] LSAT，Law School Admission Test（法学院入学考试）的缩写。该考试为美国法学院申请入学的参考条件之一。——编者注

[4] MCAT，the Medical College Admission Test的缩写，是申请攻读北美医学类院校的学生必考的一项标准化考试。——编者注

[5] GMAT，Graduate Management Admission Test的缩写，中文名称为"经企管理研究生入学考试"。——编者注

[6] GRE，Graduate Record Examination的缩写，中文名称为"美国研究生入学考试"，适用于除法律与商业外的各个专业。——编者注

侦探到底是谁？为什么他会认为爷爷可能还活着？他在信里到底跟她说了些什么能让她不远万里飞回来？她到底是什么时候雇的侦探？为什么我对这件事一无所知？我得找个方式问问她，但是前提是我们得心平气和地单独待在一起。不赶时间的话，我们应该可以找到理解对方意思的方法。

奶奶递给我一个很旧的装薄荷糖的罐子。用不着打开，我就知道里面肯定装着很多四分之一块柠檬糖。我又含了一个在嘴里。奶奶是对的，根本不用一整块，滑进喉咙的汁水酸酸甜甜刚刚好。

我静静地坐着，拉着她的手。她的手很瘦弱，上面的皮肤几乎是半透明的，每一个手指头的骨节都有点儿发红。我没有握紧，而是摊开手掌，把她的手捧在我的手里。

转机后的飞行仿佛没有尽头。终于，机长广播说我们将在 30 分钟后着陆，乘客们也躁动起来。大家都醒了，连奶奶都醒了，人们拖着包涌向厕所。在排队上厕所的时候，男士们整理着头发，而女士们则开始补妆。很快每个人看起来都像在玩扮装游戏：他们换掉了旅行穿的衣服，取而代之的，男士们穿上了西服套装，女士们都换上了紧身、长袖、高领的越南奥黛。奥黛最不适合旅行时穿了，这是一种修身的越南长裙，长及膝盖，高开衩到腰部，分成了笨拙的前襟和后裙摆，通常要搭配飘逸的丝绸长裤和高跟鞋。

飞机着陆的时候，人们欢呼起来，仿佛他们正在观看一场足球比赛。有人在擦着眼睛，奶奶也是。我除了因为衣服皱巴巴的还散发着汗臭感觉很尴尬之外，没啥感觉。

我们下了飞机，用轮椅推着筋疲力尽的奶奶通过了一个短短的过道，然后在入境口排队，再去拿行李。突然之间，我觉得好像所有的越南侨民都在这个时候回来了。我真想知道有多少人是像我这样被逼着回来的。过海关的时候，工作人员招呼我们直接通过，大概是因为奶奶的样子看起来实在是很憔悴吧。

　　刚一进入那个狭窄的机场出站大厅，我立刻觉得眼冒金星。这里太挤，也太吵，我觉得难受极了。这里似乎还缺了些什么东西。过了好一会儿，我才适应过来。这里每个人的头发都是黑色的，每个人的皮肤都是黄色的。这黄色的皮肤都是真的吗？爸爸妈妈总说以前的国旗上那三个红色的条纹分别代表着越南的北部、中部和南部，而旗帜上的黄色背景则代表着人们不分彼此的肤色。可是，如果他们真的这么不分彼此的话，干吗还要打那么多年仗呢？我承认，在洗了一个长长的热水澡之后，我发现我脚底板的皮肤是有点发黄，但是全身上下都是古铜色的，真的。

　　处在一个每个人都和我长得差不多的地方，这让我觉得特别怪异。拉古纳百分之九十九的人口都是白人，但有时我也能看见其他的越南人——我们总在"小西贡"餐厅吃饭。而这里的人数是"小西贡"的一百倍。为什么机场的每一个工作人员看起来都像是从杂志里走出来的一样？每个人都穿的干干净净，衣着时尚，泰然自若。女孩都穿着奥黛，男孩都系着窄领带。每个女孩都很纤瘦，仿佛现在以及未来我自己的样子。这个地方没有丰满的女人。事实上，要是身材很丰满的话，穿着专为苗条身材设计的端庄又贴身的奥黛会特别滑稽。

机场很旧、很挤，也很小，不过一切井井有条。这和我脑袋里预存的画面不太一样，我本以为这里会挤满吵闹的婴儿和疲惫的大人。不得不承认，我对越南的印象大多来自于PBS[7]电视台播放的纪录片，是妈妈让我看的，说是可以让我了解——饶了我吧——我的故土。在那些影片中，机场里到处都是带着行李席地而坐的越南难民，他们在战争的最后几天等着逃亡。我的爸爸妈妈、奶奶，还有我的伯伯姑姑们那个时候都在西贡。之前我说过，我偷听了他们的很多谈话，但我从没有听他们说起过当时的具体情形，最多不过就是糊弄我说，他们来到美国是为了给下一代创造美好的明天云云。我是该感激涕零吗？可是拜托啊，讲点儿具体细节行吗？他们是怎么逃出来的？在逃难的路上他们吃什么？最开始他们住在哪里？他们靠什么在美国立足？

去年，我想为学生杂志做一个专访《船上人生》，我准备了好多好多问题想采访我爸妈。可是跟以前一样，我得到的答案都是没什么用的。什么最初的生活非常艰难啊，我们很努力工作啊，你们这些孩子应该珍惜现在的生活啊……不过他们告诉我，奶奶带着她的孩子们是在战火停息前两天才逃出来的，而我妈妈则是几年后坐一艘渔船逃出来的。爸爸妈妈后来在加州大学伯克利分校相遇。这次采访我竭力使自己在问问题时既百折不挠又魅力十足，就像我今后可能真的

---

[7] PBS，全称Public Broadcasting Service，美国公共电视网，也称公共广播协会或美国公共电视台，是美国一个公共电视机构。——编者注

会成为的记者那样。可是妈妈看起来泫然欲涕，她从不哭的，于是爸爸就把我给轰走了。

看吧，爸爸妈妈就是这样，说是要让我寻根，但从来都是随便说说，真要探究起来，他们又不让谈了。爸妈真令人丧气。

我负责推行李车，爸爸推着轮椅上缩成一团的奶奶。噪音和刺眼的阳光已经让她筋疲力尽了。我不是咒奶奶生病，可是刚到这儿就已经衰弱成这样的话，她肯定在这里待不久。我情不自禁地跳了个小滑步。

每个到达的旅客，都有二十个人用鲜花、泪水和尖叫来迎接。如我所料，爷爷并没有来接我们。我轻轻碰了碰爸爸，小心翼翼地控制着情绪，不让语气听起来太过快活："他没来。"

"他明天早上会来见我们。"

我的心脏都停止跳动了："我还以为你也觉得他不在人世了呢。"

"那个侦探？他肯定活着啊，他会来向奶奶证明爷爷确实不在了。"

我脑袋都大了。"我们要见那个啰嗦侦探？"

"啰嗦这话咱们私下说说就罢了，"爸爸悄悄说，"他引起的这场风波，他得自己来收场。"

这个啰嗦侦探会扫清道路让我和奶奶回美国。我一定会对那个侦探超好的。

刚走出机场大厅，我的皮肤立刻就干枯了。空气像着了火一样。天哪！事实上我觉得就像在被炙烤！奶奶现在彻底蔫了。一瞬间我已经浑身湿透——这真奇怪，一边全身湿透，一边又灼热难当。毛孔全部张开了，我的皮肤又黏又油，活像放了很久的炸薯条。我不得不张大了嘴呼吸。在 PBS 的纪录片里，人们的确浑身是汗，皮肤闪着油光，可我从来也没有想到他们如被油炸呀。

"爸爸，我觉得真的很难受。"

"湿度大而已，你会适应的。"

爸爸可以忍受各种痛苦。他可以骑着自行车一口气骑到拉古纳的大山顶上，再飞驰而下，然后又掉头骑回去，他说那很有趣。我要是企图让他稍微同情我一下的话，除非是摔个狗啃屎，耳朵里喷火，鼻孔里飙血，否则根本没门儿。我像一条悲摧的岸上之鱼那样使劲儿地喘着气，可爸爸根本连看都不看我一眼。

我们搭上了一辆快要散架的出租车。奶奶端坐在副驾驶上，因为她晕车。我和爸爸两个人挤在后排，行李就摞在我俩身上。还好，车里起码还有空调。

驶出机场，放眼望去全是绿油油的稻田。这看起来不合理啊，纪录片里明明说机场就在城市的正中心。奶奶扭动着，她伸手去拿她的包，从包里掏出她的虎标油。那是一种薄荷味的万金油，她用那东西治百病。奶奶挖了一点点抹在太阳穴上，然后把罐子放在鼻子下面使劲儿闻着。她用另一只手在空中做扭转旋钮的样子。爸爸自然是同意的。那个让奶奶晕车晕得更厉害的空调被关掉了，车窗摇了下来，看不见的火舌扑进车里。我顿时觉得自己变成了妈妈烤箱里的一块点心。

即便是刮圣安娜风 [8] 期间，当南加州的所有地方都热得像得克萨斯的时候（这是 PBS 的另一部纪录片里的原话），奶奶还是喜欢自然的空气，因为不新鲜的冷气会让她严重头疼。她还是可以接受电风扇的，不过不能吹向她。这时，妈妈和我要么穿着被汗湿透的背心待在家里，要么就是去住旅馆。至于我爸，他当然毫无怨言。

我把头伸出窗外。不是吧，窗外一点儿都不比车里凉快。这时，令人难以置信的是，我居然看见了一头活生生的水牛！它就在路边，没有被栅栏之类的关起来。它正在吃草，背上全是泥巴，两个鼻孔有高尔夫球那么大，头上有一对大大的大牛角。我还很小的时候，奶奶教过我一首歌，唱的就是一个骑在水牛脖子上的快乐男孩："谁说放牛累又苦啊，赞美丰收和牧场啊，啦啦啦啦啦……"真没想到，我竟然可以在野外看见一头真的大水牛！

"停下！爸爸，跟司机说停一下！"

司机先生肯定听懂了我的话。我们的车往前耸了一下。他的语速很快，我听不懂。听不懂最好。奶奶呻吟了一下。我解开安全带跳下了车。

"这也太酷了吧！"

爸爸闭上眼，摇了摇头。奶奶又呻吟了几声，又吸了几大口虎标油。

在这个家里，要有点儿乐趣真是太困难了。

---

[8]　Santa Ana，由东部沙漠向西面海洋吹的热风，途经南加州，圣安娜风期间也是山火易发时期。——编者注

第三章
啰嗦侦探和坏消息

我的脸怎么贴在真皮座椅上了呀，我肯定是睡着了。眼前的景象真是太赞了。其实我是被各种各样的哔哔的汽车喇叭声给吵醒的。我们已经进城了。四处都是高楼、乱七八糟的电线，还有很多的摩托车在小汽车和公交车的缝隙中穿梭。每位司机都在按喇叭，可是谁又该让路呢？这里根本就无路可让嘛。我们往前挪一点儿，就停下，再挪一点儿，又停下。奶奶抓了个塑料袋放在嘴边。我估摸着我也需要一个。

路上本来划分了车道，可是司机们只管自己方便，见缝插针地开车。有一辆摩托车为了能快一点儿左转就违章行驶，骑摩托的是个长发飘飘的女孩子，身上背了个挎包，一只小狗从包里露出头来疯狂地叫，就像是被绑架来的一样。还有一辆摩托车直接开上了人行道，歪歪扭扭地行进在人行道上摆着的各种各样的摊子间：水果、毯子、椰子、塑料玩具、锅、还有小旗子。哇唔，一辆三轮车上放着一头巨大的粉红色的死猪，它的眼睛还瞪得大大的呢。三轮车夫拼命蹬着踏板。那头猪的睫毛挺长，还是金色的。爸爸说车夫要抓紧时间把刚宰的猪运到自由市场上，剁成块儿售卖。我想我还是不知道猪肉的来历为好。

就连纵横交错得像蜘蛛网似的电线也跟交通状况一样糟糕。光是抬头看看那些电线都觉得闹心。还有，周围扑面而来的气味：鱼的味道、花的味道、柠檬味、生肉味、烤玉米味、炸面团味，还有熟透了的水果味。每种气味都跟长了拳头似的，在我的鼻子里较量，各自争取更大的空间。

对嘛，这才是我一直想象中的越南嘛。

"爸爸，那座有直升飞机的塔在哪儿？"

"什么塔？"

"你知道的，就是战争快要结束的时候，大家去坐直升机逃亡的那座塔啊。"

"那是在西贡，我们现在是在河内。"

爸爸的口气有点儿不耐烦，可是我还是忍不住地问："我们为什么没去西贡？"

"奶奶想去看看她以前生活的村子，"爸爸的语气听起来好像什么事都得解释实在是太累，"我们要在这里的宾馆见那位侦探，然后就动身去奶奶的村子。"

"西贡不是她生活的那个村子啊？"

"你怎么会对越南一无所知呢？"

我问错什么了嘛？我又没问俄罗斯！爸爸没理由发脾气啊。他自己一直在琢磨越南的事情，而搞不明白的问题比我的还多呢。"打仗时冲破的那个大门在哪儿？"

"在西贡，你以为会在哪儿？"爸爸提高了嗓门，"在北方没人这么说。千万别扯上政治。"

他总算告诉我了。我们现在在北方，在一个完全不同的机场。我的天哪！"他们会把我们逮起来吗？他们知道爷爷跑到了南方替南边打仗吗？"

爸爸仔细地看着我，似乎终于明白我是真的什么都不懂。"这么做的人多了去了，"他的口气缓和了下来，"现在没人在乎这些了。别再讨论这个话题了。"

爸爸刚一消气，莫名其妙地，我的脾气突然暴躁起来。"那好！那说好的蓝色沙滩呢？你懂的，白色的沙子呢？"

"我们不是来旅游的！"爸爸又生气了，"别烦人了，阿梅。"

到底谁烦人啊？

响亮的敲门声把我给吵醒了。爸爸和奶奶已经穿好了衣服，他们应该把我也叫起来嘛。昨天中午我们住进宾馆后立刻就睡觉了，现在已经是早晨了，这叫倒时差。我们住在一个老旧的宾馆里，只开了一个房间，要是住得太豪华我爸有负罪感。妈妈没来，没有人逼着我爸节约。不过每节约 75 美元就能给爸爸的一位病人买辆自行车，这样那个病人就能骑着自行车飞快地赶到学校去工作，用不着走两个小时上班，再走两个小时回家了。我是很支持节约的，所以肚子饿了我也没有使用叫餐服务。可是，爸爸就不能定一间有无线网络的宾馆吗？

没关系，我觉得这一趟旅行马上就要结束了。那个啰嗦侦探到了。这次我说"啰嗦"这两个字可是带着极大的善意的哦。

爸爸去开门的时候，奶奶把我推进那个小得跟壁橱似的卫生间里。我尽量贴在奶奶身上，让她听见我饿得咕咕响的肚子，好博得她的同情，可是根本没用，我还是被塞进了卫生间。在我们家，但凡大人们要商量点儿什么特别严肃的事情就会把小孩子支开。这绝对是旧社会的抚养方式，以前可不讲究要让每个家庭成员都感觉得到自己在家庭中的重要性。

我能做的只是把卫生间的门弄开一条缝，偷看。

这个侦探绝对是我见过的皮肤最粗糙、皱纹最多、最瘦的干巴老头儿。他站在刺眼的日光灯下的时候，我都能看见他凸显凹陷的眼窝和下巴的骨头。他给奶奶鞠了一躬，微笑着，两条眉毛就像毛毛虫跳萨尔萨舞一样扭动着。他和奶奶都说好久不见，岁月善待了彼此之类的。果然如此吗？

他一直说啊说啊说。我能看见他的牙齿黄黄的，牙根发黑，像腐烂的玉米粒一样，不过不知怎的长在他嘴里倒是挺合适的。我听见他们一直在说越南语，可是我什么都听不懂。我闭上眼睛，使劲儿听。爸爸一直试图打断侦探的话，可是完全挡不住他的口若悬河。奶奶听得入了迷。我一直闭着眼睛听，好像这样就能听懂似的。

好不容易，侦探停下来喘了口气。

爸爸赶紧插话进来，他的声音听起来很急迫，甚至有点儿生气："那个人把我父亲放了？他是看守我父亲的守卫？"

耶，我听懂了。

更多的我就听不懂了。

"这个我没法接受，"奶奶说，"你让他来见我。"

干巴老头儿又叽里咕噜说了一堆。

"他是最后一个见到我父亲活着的人？"

又听不懂了。我真该坚持学越南语的。可是我哪能料到有朝一日我会需要偷听奶奶和一个和蔼的但难以理解的干巴老头儿最重要的对话呢？

"我有钱。是这个问题吗？"奶奶喜欢给人钱。她说有钱的时候不妨花掉，因为谁也说不清楚什么时候一个胸怀伟大梦想的人物崛起，会没收你的一切用于他的事业。

"我母亲飞了半个地球来这儿，他坐车来见她有什么不行。"

那个满脸褶子的老头儿怎么那么能侃呢。爸爸好不容易又插上了话："所以，不是钱的问题，而是他的 thanh liêm ？"

他的啥？我以前从没听过"thanh liêm"这个词。爸爸肯定是在重复那个侦探说的话。我最受不了那些拽文的人了。有时候我也会用 SAT 测验里的那些高级词汇，可是那完全不是我的风格。妈妈强迫我记那些词，所以它们会自动从我脑子里跳出来。我习惯每天都囫囵着记一个 SAT 高级词汇，完全就是为了让妈妈高兴。

侦探从我爸手里接过一个白色的信封，他把信封夹在手里一个眼看就要散架的破烂笔记本里。他拿出一个铅笔头，极其缓慢地写着。他出门的时候，爸爸又说："不管用什么办法，一定要把他带到我们村子里来。"

等等，刚刚发生了什么？我都还没有闪亮登场侦探就走了？爸爸搞定他了吗？我被放了出来。

"他告诉奶奶爷爷真的已经去世了，对吗？"我用无比坚定的语气说道。奶奶虽然不懂英语，但是我们都知道她擅长猜测我们说的意思。

"那个啰唆侦探勇气可嘉，"爸爸根本就没理我，"我必须得承认这一点。"

"爷爷没有出现，意思就是说我的想法是正确的，对吧？"我又兴高采烈地重复了一次。

"现在事情变得无比复杂，奶奶坚持要见一个守卫。"爸爸看起来沮丧极了，"所以你必须待在这儿，等他们见了面再说。"

一盆凉水浇得我透心凉，我的心疼得令我无法呼吸。我再也高兴不起来了，心里警钟大作。我问爸爸："什么守卫？他看见爷爷还活着？什么时候？"

"没错！"

"没错什么啊？"

没人理我。爸爸来回踱着步。奶奶端端正正地坐着，用手熨平她的真丝罩衫。她很焦虑，可能她的焦虑一半都是我造成的。我真的受不了了。我又饿，又有时差，心里充满疑惑，还充满了负罪感。我重重地扑到床上，趴在枕头上使劲儿尖叫起来。

有一只手抚摸着我的后脑勺，是奶奶。小时候她就是这么哄我睡觉的。我心里一方面怨恨她把我困在这个又热、又挤，到处都是汗臭味的嘈杂的国家，可另一方面又特别喜欢她轻轻抚摸我的头。

第四章

奶奶的村子和没完没了的亲戚

爸爸把我弄到这个地方来，可是才过了一天，他就准备抛弃我们了！我们在宾馆门前等面包车。爸爸要去一座什么山，而我和奶奶要坐另外一辆车去她以前生活的村子。爸爸不在，我和谁争执呢？或者说谁和我争论呢？我管这些干吗？

我还有一个更大的问题，就是那个守卫。也许是我担心过度了吧。那个侦探肯定知道守卫的住处，只消带他坐车来见我们就是了。那么顶多五六天以后我就能去海边啦。如果别人的需求不持续挤压我的需求，我也就不介意啦。

"我再不学 SAT 的单词了哦。"

"那是你妈妈的疯狂主意，可不是我的。话说回来，你的脑袋会被越南语填满的。"

"我也不学越南语了。"

爸爸一声叹息："那就当哑巴好了。"

啊。"我以后每次考试得 B 就行了。"

"你自己要是能接受的话，请便。"

啊！"我可要开始画眼线啦！"

"那就画成熊猫眼呗。"

"我还要穿……"

"听着，奶奶为我们牺牲了一切。我们希望把你培养成体贴的孩子，所以，你得懂事一些，听奶奶的话。侦探现在必须要去找那个守卫，大概需要两个星期。他来之前，我一定会回来。"

爸爸的话无疑给了我当头一棒。"两个星期！这是什么意思？"

他假笑了一下，说道："如果你不过分纠结的话，两个星期也不是很长。我会在村子里和你们会合的。"

"为什么要两个星期？"我讨厌自己的声音发抖，现在可不是哭的时候，我得抓紧时间想对策。如果只是六天的话，我还能假装自己有耐心，可是两个星期该怎么办？我开始琢磨这件事的来龙去脉，仔细考虑每一个细节，和磨碎牛排时一样仔细。我要怎么做才能让大家都讨厌我，觉得我碍事然后直接把我扔回家去呢？

就在这时，爸爸的手机响了，是妈妈的专属铃声。从我们离家开始，妈妈就没法掌握我们的生活了，她肯定要疯了。爸爸接了电话，声音特别温柔，我敢肯定妈妈的声音也是这么温柔。我以前一直觉得他俩特别浪漫。以前我是脑子有病吧？我怎么会觉得他俩浪漫？终于，爸爸让我接了电话。

"阿梅。"没有人会像妈妈那样叫我的名字，她仿佛把所有的人生希望都倾注到了叫我的那一声里。这时我才意识到我想妈妈了，眼泪止不住地掉了下来。

"你很棒，"妈妈低声说，"我知道你能为奶奶做到，你会为自己感到骄傲的。来，深呼吸，吸气，呼气。那个守卫不太愿意来见奶奶，不过事情会顺利的，只是需要时间罢了。所以，坚持一下，宝贝，两个星期也不是很长。你能跟我说句话吗？"

我不能，我的喉咙哽住了，眼泪不断地扑簌簌地掉。

"你一直都特别懂事，特别勇敢。试着好好享受在那儿的生活吧，因为你不知道你会发现什么，会遇到什么人。心胸要开阔，亲爱的，你能为我做到吗？"

我真希望妈妈别这么温柔。如果她冲我吼，说我是个被惯坏了的小孩，我就能耍赖了。可是她现在这样，我就只能不停地哭。

"仔细听我说。等你爸走了你就去你的行李箱里找一个拉链袋，上面有个尼龙锁扣。那是我给你的惊喜。"

我最爱惊喜了。虽然我一点儿都不想心情好转，但是眼泪却止住不流了。这真是笔划算的买卖，妈妈知道我对惊喜没有抵抗力。

　　"我想你会喜欢的。挂电话之前，我们来学你今天的SAT 高阶词汇，这是我最喜欢的一个了。来，Ephemeral，e-p-h-e……"

　　我伸直胳膊把电话拿远，这话题转得也太让人意外了吧。嗯，其实也不算太意外。妈妈就是妈妈，我应该早料到她会用 SAT 词汇来偷袭我。我把电话还给爸爸。

　　爸爸小声和奶奶说了几句话，然后给了她一个白色的信封，和他给侦探的那个信封一模一样。嘿，我的呢？我本想不跟他挥手再见来着，可当我们坐的车开动的时候我还是挥了手。我已经开始想爸爸了。我们说好如果那个侦探万一能在两周内带守卫来村里见奶奶，他就立刻回来。我选择相信应该用不了两周的时间。我就是这么乐观。在一个面积仅仅相当于佛罗里达的国家里，找到那个守卫应该并不困难。

　　他们告诉我奶奶的村子距离河内有 80 公里。1 英里等于1.6 公里，用 80 除以 1.6，要是去掉小数点，那就是 80 除以16。6 乘以 5 等于 30，10 乘以 5 等于 50，所以 80 除以 16等于 5，再放回小数点，那么差不多就是 50 英里。这是有点儿烦人，可我就喜欢转换单位。我也不知道在这儿走 50 英里要花多长时间。城里的交通就是龟速，不过也许上了高速公路就快起来了吧。

　　不过快慢也没关系了，因为我已经备好了吃的。昨天过后，我已确保再也不要挨饿了。我会不会是唯一一个知道这句台词[9]的12岁女孩啊？妈妈和奶奶都喜欢《飘》里的斯嘉丽。其实所有的越南女人都喜欢斯嘉丽，这是 PBS 另一部纪录片里说的。片子里有个教授讲述了这个国家是如何充满了爱，又如何遭遇了战争和苦难，最后又如何重新站了起来。可是那个教授怎么可能知道全体越南人民对任何事情的感受呢？他把我算进去了吗？我没觉得苦，我也没遭遇过战争。

我把便于保存的食物打了包：干香蕉片、烤腰果、酥脆的绿豆饼、裹着生甘草屑的酸角丸（我发誓，这种酸角丸看起来特别像拉在干草上的小号马粪，可是吃起来酸酸甜甜很可口）、奶油饼干、松软的牛肉干，还有最好吃的，入口即化的松脆的椰子饼干。换第一颗牙的时候我坚持说自己不能嚼东西，然后让爸爸去小西贡给我买了这种入口即化的饼干。有时候，我爸爸会是世界上最好的爸爸。

我把所有能通过比划让商贩把价钱写下来的东西都买了。不管多少钱，我都数出越南盾付账。我可不敢讨价还价。爸爸说我们在这儿会被占便宜，他觉得无所谓。当然，我只能买熟食，不能买生的或者那些没有用沸水清洗过的食物。爸爸碎碎念了不知道多少遍，说我的肠胃需要慢慢适应当地的细菌、寄生虫、蠕虫，诸如此类的。爸爸很奇怪为什么我来到这儿以后没有欢呼雀跃。我已经打了一针破伤风疫苗，还吃了一颗和我的大拇指一样大的预防疟疾的药丸。狡猾的爸爸在上个星期就给我打针吃药了，他还说那是预防感冒的

---

[9] "我再也不要挨饿了"是美国作家玛格丽特·米切尔的小说《飘》里女主人公斯嘉丽说过的话。——编者注

针和帮助消化的药丸。其他人可能不懂这些招数，但大善人医生可擅长得很呢。

我们坐的车开过了一片又一片稻田，一块块长方形的稻田中间是红土田埂。水牛点缀在田间，它们滚着稀泥，笨拙地在尘土飞扬的道路上缓慢地行走。水牛的数量实在是太多了，我慢慢开始懂了这些水牛和那些四处乱跑的野狗一样，都是这个国家的特色。我还偶尔看见两个女孩面对面站着，一人手里握着一根绳子的绳头，然后她俩一起使劲儿，就把拴在绳子上的水桶给提了起来。她们用这种方法从灌溉蓄水池里一桶桶地打水来浇稻田。天才！

奶奶已经睡着了。她又吃了一片神奇的蓝色药片，这样她就不必忍受晕车之苦了。

我把头伸到窗外，让风灌进我的耳朵，真像一首摇篮曲。天气还是很湿热，我脸部的 T 形区全是油。把油擦掉是徒劳的，因为马上又会冒出来。不过我决不允许自己脸上长痘。我绝对不会，我是说真的，我绝对不会用手指去触碰我的脸，这一点，从我生下来妈妈就一直在告诫我。她特别在意要去除皱纹，保持弹性，细化毛孔，当然还有，保持皮肤白皙。不过，她曾一度没抹防晒霜成天在亚热带的阳光下跑来跑去，对此她至今都懊恼不已。关于她小时候的事情，只有这件她每天都讲一次，剩下的我全都一无所知。

一路上我都把头伸在外面，使劲儿吸着燥热的空气，多少指望着我的肺能燃烧起来，可是并没有。这话说起来可能有点儿奇怪，而且我完全不能适应这里的炎热，但是这个地方要是换了任何一种别的天气还真的就不对劲了呢。

面包车一驶出主路，我们的车立刻就被人群包围了。奶奶醒了，拉着我的手，她知道我有点儿被吓到了。外面好似在过狂欢节，人们里三层外三层地站在四周，又是叫又是笑又是哭的。

车门被打开了，有人把奶奶抬出来，让她坐在一把垫着坐垫的高背椅上。我跳了出来，我和奶奶的手被扯开了，于是我死命抓着把奶奶抬走的那把椅子。我本想提醒他们当心些，因为奶奶很容易头晕，不过大家抬得很平稳。

人群在一座高房子前面停了下来，房子外面涂着黄色的外漆，还有红木装饰。这儿的人对于国旗上的皮肤和鲜血的颜色真够痴迷的。这座房子比别的房子都高，是规规整整的长方形建筑，一共五层。每一层都有门和前后阳台，不过房子的侧面没有窗户。

进了院子，大家把奶奶放了下来。她看起来有点儿不知所措。谁又会不这样呢？我大喊她的手很脆弱，记得不能使劲儿捏。人群把我们围起来。各种喊叫声、哭泣声响彻云霄。奶奶开始颔首致意，并不针对任何具体的人。我也开始鞠躬。人们回礼。但是没有一个人过来拥抱我们。越南人不拥抱。当然也不亲吻。他们就是鞠躬，一遍又一遍，另外就是无限的笑容。奶奶也和他们一起笑，于是我想我也笑的话应该完全没问题。突然，整个世界都安静下来。所有的人都指着我的嘴。

牙套。有时候我一不注意就忘了自己满嘴带着牙套。人们一个接一个地走过来，比划着让我弯下腰好让他们能掰开我的嘴。奶奶点头示意我照做。这群人真是不害臊。"我们村里有一个女孩子牙齿上也缠着铁丝，我们这儿的第一个。"一个男人说："现在你的牙上也是。太神奇了！"

他说的是正常的越南语，所以我好歹还是听懂了。只有一个孩子需要戴牙套？难道这里的人牙齿自然而然地就长得那么端正？我周围的人没有一个戴牙套，可是他们都是上了年纪的，而且老实说，我看见有上牙龅的、地包天的，有牙太挤的、牙太稀的，还有乱七八糟的牙和好多的大黄牙。他们好像一点儿都不介意，所以我为什么要介意呢？

他们检查过了我的牙齿，接着又来拍我的屁股、大腿、手臂和脑袋。我整个都被他们拿来玩拍人游戏了。他们笑得那么大声，一定是觉得我很好玩吧。每个人都说我个子高。我身高 170 厘米多一点儿，体重 40 公斤，在拉古纳就是一副松松垮垮的样子，可是这一点儿都不好笑啊。妈妈说身材苗条、个子还高的话会更容易扮优雅，那是她在安慰我。然后又有人拽我的头发，说我的发型不错。

有一个女人拍拍我的头，说她是奶奶的表弟的三女儿，她爸爸的爸爸把奶奶的妈妈介绍给了她丈夫的阿姨。什么情况啊？奶奶替我应了声，还说我很荣幸能见到她。我也微笑着打着哈哈。

有个男的说他是我的远房表亲，虽然他年纪比我大很多，但是他还是要称呼我阿姨，因为我爸爸是他妈妈的远房表叔。我更乐了。另一个男的说他是我爷爷的侄子的四儿子。这些亲戚无穷无尽，我敢打赌，我和这里的每一个人都沾亲带故。

　　奶奶替我应承着每一句冲我的寒暄。每个人都啧啧称怪，我一个越南女孩居然不会说越南话。奶奶无言以对。在我看来，我并不知道我需要真的开口说越南话。所以，我只做我能做的事情，那就是微笑，挥手，再微笑，再挥手，展示牙套，等等。大家聊起来真是没完没了。

　　有人说："她长得真像她爸。"奶奶回答说："血缘嘛。"爸爸和我都长着一个肉食动物的方下巴。

　　有人说："不对，她比她爸好看多了。"奶奶说："皮肤好，白得和煮熟的鸡蛋似的。"妈妈禁止我晒太阳。

　　有人说："她鼻孔小，说明能攒钱。"奶奶说："我们倒是希望如此。"我可以存很多钱，而且我希望爸爸能再给我一些。

　　有人说："她额头高，说明性格固执啊。"奶奶说："就像我刚才说的，血缘嘛。"可是好多人的额头都挺高的啊。

　　有人说："她看起来很了解男孩子嘛，她这个年龄不需要知道那么多嘛。"奶奶皱起了眉。这些村民是有千里眼吗？难道我给了他们什么暗示？

　　有人说："太聪明了，小心聪明反被聪明误啊。"嘿！

第五章

是青蛙还是癞蛤蟆

　　每个村民都说上一句话用了好长的时间，然后大家把奶奶连同那把椅子抬进了稍微凉快点儿的屋里。我和奶奶待在一起。

　　一楼比较开阔，放着三辆闪亮的摩托车。这里是车库吗？在两根梁柱之间拴着一个吊床，有一个深褐色皮肤的男孩躺在吊床上，还带着他的宠物——一只背部滑腻腻的巨大的青蛙。或许是癞蛤蟆？管它呢，反正那东西正蹲在他的胸口，呱呱地叫着。太棒了，我完全就是在 PBS 自然频道的现场嘛。

　　"阿雯，把青蛙装进篮子里，现在就装！"发号施令的应该是他的妈妈，看他浑身上下不耐烦的样子就知道，有时候

我也会那样。不对，阿雯是个女孩！她站在那儿摸着她那士兵发型的头发，感觉她很是得意她的板寸。可奇怪的是，她还挺漂亮的，她的脸是标准的椭圆形，用奶奶的话说就是瓜子脸，她的睫毛又长又密。

那个女孩翻了几下白眼，不过她妈妈没有看见。那也是我的特长。她穿着宽松的卡其布裤子，裤管卷到膝盖，上身是一件巨大的黑色 T 恤衫。在把那只不知道是青蛙还是癞蛤蟆的东西关进篮子前，她摸了摸它的脑袋。她给奶奶行了礼，然后直直地盯着我。毫无表情。我冲她冷笑了一下。我不是故意的，那是我情不自禁的自然反应。她甚至都没有还我一个冷笑，而是看上去有些无聊，居高临下地打量着我，其实她比我还矮一头呢。这个女孩是谁啊？

我们被簇拥着上了二楼，那里有一张长桌，上面摆满了食物。二楼明显要热得多，因为只有前后两扇门，空气几乎没法流动。到底，到底为什么不弄几扇窗户呀？桌上的菜每三四盘就用一个半月形的网子罩着来防苍蝇，可是苍蝇还是锲而不舍地和网子做着斗争。

我认得出来的菜有鸡肉蔬菜炒粉丝、鸡腿笋干汤、肥肉清晰可见的粉色糯米香肠、苦瓜盒、煮鸡爪、栩栩如生的烤乳猪、一大盘炒熟的绿色蔬菜、胡萝卜和白萝卜雕花。还有好多菜是我叫不上名字的。每道菜闻起来都好香啊。

长桌的两边放着条凳。奶奶的位子在长桌的桌首，她还是坐她的椅子。我是坐在她右手边条凳的第一位。大家人挨人、人挤人地坐在一起。真恶心！嗯，要是我大喊一声"真恶心"，再做足所有不礼貌的事情的话，奶奶很可能会立刻把我赶回家。可是我被训练得规规矩矩，情不自禁地安分听话。奶奶只要略带失望地看我一眼，我就彻底投降了。奶奶很少那么看我，不过威力巨大。我必须强迫自己有点儿耐心，让侦探有时间去完成他的任务。虽然我只是偷偷看了他一眼，不过我觉得他对待他的任务是很严肃的。

那些没法坐上桌席的人都围在四周，又说了好些家长里短。

"人嘛，都是要饮水思源的。"

"我表哥的女儿现在在得克萨斯……说得一口脆生生的北方口音的越南话。"

"我有个亲戚住在哥伦比亚的卡利市，他们家小孩就要去上最好的大学了，哈——佛儿哟。"

"我外甥的儿子马上要当医生了。"

哦，攀比大赛嘛，我妈妈可是个中高手。贾斯汀表哥弹奏肖邦的作品就像是音乐会的演奏家一样，你行吗？布里安娜表姐获得了国家最高科学奖。你能像迪伦表哥一样考试满分吗？我比他们都厉害得多！我拔指甲边上的倒刺技术无与伦比！耶，我最棒了！

在揭开网罩之前，屋里吹起了很大的风。各种各样的电风扇都被打开来扇苍蝇。苍蝇们拼命飞就是飞不过去，于是就和围在桌后我那群可能的新亲戚一样嗡嗡嗡地叫着。那个睡吊床的女孩站在一旁，她居然在抓苍蝇，还把它们装进了一个塑料袋！她把塑料袋从中间扎了一道，分成两半。上面一半装着疯狂乱撞的苍蝇，下面一半看起来像个倒扣着的碗，她用这个来一点点接近停落的苍蝇。据我观察，她每次都能成功。我都说了，我是在自然频道的现场。

有人递给我一碗饭，然后好多人开始往我碗里夹菜。我根本都来不及表示接受或者拒绝，碗里立刻就堆起了小山。为什么他们在给别人夹菜的时候不可以用筷子的另外一头呢？我们在家的时候都是那么做的。妈妈决不允许我们吃别人的口水。有个女的先是哑吧了一下她的筷头，然后夹了一个鸡爪堆在了我的碗里。哎呀呀呀，真恶心！

奶奶悄悄地夹走了那只鸡爪，不知道藏到了什么地方。她用的是她筷子的另一头。谢谢您，奶奶！明白为什么我总是想讨她开心了吧？她把我碗里的鸡肝还有别的一些她知道我以前从没吃过的东西统统夹走了，甚至还帮我去掉了鸡腿上的皮。从现在起，她就是这个世界上我最爱的人了，正儿八经的！

我拿起筷子夹了一片竹笋送进嘴里。所有人都停下了动作。有人说："看，她会用筷子。这才像我们越南女孩嘛！"

那她以为我在家是怎么吃饭的？用手吗？

有人问我："你听父母的话吗？"

带着预期答案来问你问题的人是最烦人的。他就应该站出来，直截了当地说："我希望你听父母的话，不然你就愧对我们越南的历史传统和你的列祖列宗。"我才不管呢。和其他所有孩子会做的一样，我大声承认："我假装听他们的话。"

无论我怎么努力地吃，我碗里的菜还是堆成山。我喜欢泡姜的香味，闻起来特别带劲儿。那个板寸女孩的妈妈肯定是知道我已经吃撑了，因为她冲我挥手招呼我过去。我站了起来，我的座位瞬间就被别人给坐了。

女孩的妈妈拉过我的手，然后让女孩拉着我，她说："去玩吧，去吧。"我俩立刻把手甩开，我们可不是小孩子。事实上，自从我和蒙塔娜在福尔马尔女士的幼儿园上学开始，我们就不需要和别人交朋友了。她的朋友就是我的朋友。她的敌人就是我的敌人。和蒙塔娜在一起，吃午餐的时候和坐校车去远足的时候我绝对有好座位坐，因为她会帮我占位子。所以当她没完没了地说唇彩啊，染发啊，尤其是男孩子的时候，我才能忍着不翻她白眼。天哪，快点儿让我回家吧，别等两个星期了。

"阿雯，告诉她你的名字，快。"她妈妈说。这真让人尴尬。

我看得出，那个女孩忍着没有翻大白眼。她耐着性子小声地说："阿雯。"这个音只有噘起嘴唇才能发得出来。这名字和她本人太不相配了，板寸女孩子根本不可能想要亲别人或者被人亲。

我带着敌意告诉了她我的名字："我叫米娅，我是说，我叫阿梅。"

"她真正的名字是阿红，不过我们都叫她阿雯，她是我们最小的孩子。她还有个姐姐叫阿兰，她们俩性格完全不一样。一母生九子，各个不相同。阿兰从不做让我生气的事情，但这个小女儿，总是把我气得脑门充血。她的头发，她的肤色……真让我闹心。好啦，你们俩去玩吧。"

我不知道阿雯的妈妈是不是知道我听得懂。她就是想说罢了，说的时候一边笑着一边皱眉。她伸过手来想拍拍阿雯的脑袋，但阿雯躲开了。我猜全世界所有的父母都会让他们的孩子感到难堪。

阿雯抓起那个装青蛙的篮子走了出去。她妈妈从后面推了推我，于是我跟了过去。在后院，阿雯在一个爬满苦瓜藤的回廊下面坐了下来。那些苦瓜看起来非常可爱，像一个个长满疙瘩的绿色小足球挂在藤蔓上。可是，相信我，它们之所以叫苦瓜，是因为苦得让人喉咙发紧，舌头打结。奶奶说苦瓜含有天然的维生素。在拉古纳的时候，她会在苦瓜里塞上猪肉馅，蒸着吃。整个屋子里都会充满苦瓜的味道。我曾经试图让她相信光是闻一闻就已经够疗效了，完全没必要吃下去。可是根本没用，每个月，我都得吃一次苦瓜。

阿雯根本都不看我。好吧，我尽可能地坐得离她远，不过仍然在回廊的阴凉处。有那么一丝丝风吹过来，我觉得回廊下总能凉快一点点。我再不会想当然地以为会有海风了。在回廊的阴影里，阿雯的皮肤看起来更黑了。妈妈肯定会给她涂防晒指数90的防晒霜。妈妈给我带了足够多的防晒霜，我一直老老实实地涂着。妈妈还给我看过好多皮肤癌患者的照片，好让我知道抹防晒霜的意义。

阿雯把她那只青蛙还是癞蛤蟆放在一片香蕉叶子上。那个东西趴在地上看起来更肥了。她把装苍蝇的口袋从篮子里拿出来，打开结口，一次放出几只苍蝇。她的宠物一动不动，只是朝那些苍蝇伸出长长的、黏糊糊的舌头，然后所有苍蝇就都被它吃掉了。难怪它那么肥。

我简直看呆了，随手往空中扔了一个小石头。还没等我反应过来自己到底做了什么，那只青蛙还是癞蛤蟆居然把石头卷进舌头里吞了，然后它就被噎住了。反正那声音应该是这种两栖动物被噎住的声音——咕咕的、恳求的叫声。

阿雯马上把它抓起来，拎着它的后腿让它头朝下，使劲儿抖啊，抖啊，抖啊。那个东西吐了。那样子虽不好看，可是小石头毕竟吐出来了。

"对不起。"我脱口而出，说的是英语。我拼命思索用越南话该怎么说："对不起，我不知道我怎么会那么做。"阿雯瞪了我一眼，带着她的宠物，抓起篮子，跑了。这个时候我才想起来用越南话该怎么说对不起，应该是 Xin lỗi.

阿雯转过身来冲我龇了龇牙，露出了两排牙套。

第六章

有蓝色仙女像的房间

　　我以前认为越南又贫穷又炎热，所以为了打发时间我要使劲儿睡觉，这样一来就可以逃避饥饿和酷热。我真是大错特错！食物被源源不断地塞进我的喉咙，而且周围这么多蚊子，谁能睡得着啊？成百上千的蚊子，都把它们的吸血小刺对准了我，都在叮我。怎么都叮我！它们长着很多毛，浑身漆黑，声音特别大，而且我发誓它们的个头和苍蝇差不多。苍蝇虽然也到处都是，可是至少它不叮人啊。理所当然，我是唯一一个身上被叮出红疙瘩的人。现在我明白为什么这里的人都不穿中裤了！虽然这里天气炎热，但是女孩子们都穿着宽松的丝质长裤和配套罩衫，因为那是防蚊虫的。这简直是全天候不落幕的睡衣主题聚会啊。

昨天我们吃了整整一天，只在女人和女孩们到三楼午睡的时候暂停了一会儿。越往楼上走越感觉热，可是主人在那儿的地砖上铺了藤席。三楼还不算最糟糕，男人们在四楼午休，那里距离热带烈日更近。越南人在下午都不活动，因为大多数人早上起得真的很早，到了一天中最热的时候就休息，下午晚些时候再起来活动。

在三楼，三四个人躺在一张藤席上很快就睡着了。我独自一个人躺在一张藤席上，奶奶就在我旁边，她睡在一张有着泡沫床垫的小床上。我真希望我也是个老人啊。躺在地砖上面——我觉得地砖只能用脚踩——我的骨头都被硌得生疼。好在，就算房间里没有风，地砖也还是挺凉快的。

我发现阿雯没有在地上睡觉。她去哪儿了？我得再跟她道个歉。

傍晚时分，当我们在所有亲戚里最阔气、最高大的房子里吃饱喝足还睡了个午觉之后，我和奶奶获准前往爷爷的祖屋。走路十五分钟，所有亲戚都陪着我们，只有阿雯没有来。他们带来了所有的食物，在祖屋里吃喝说笑到黄昏才散。此时蚊子大军也出动了，频频向我露在外面的腿、胳膊、脖子和脸发起进攻。

奶奶和我终于没人陪伴了。好吧，其实也不尽然。我正在领会体验这一点，在越南你是不可能单独一个人的。爷爷的弟弟出生在这个屋子里，他仍然生活在这里。奶奶上一次见到他的时候还是 1954 年，也是南北分裂的那一年，那时他还是个十多岁的孩子，而她自己也不过二十出头，却已然当了妈妈。他们见面的那一刻，两个人笑了，相互凝视了很长时间，一句话也没说。他们眼睛里同时闪烁着悲伤和欣喜，就像是一个生动的电影特写镜头。终于，爷爷的弟弟说话了，他对奶奶说，这个房子是属于爷爷的，所以，也是属于她的。奶奶谢绝了，说这里的法定主人一直是使房子免于被蜘蛛和老鼠占据的人。他们相互鞠躬致意，然后爷爷的弟弟去了后房的卧室。

我很喜欢这里的人的礼貌，可是说实话，我有点儿搞不清楚他们说的是真心话还是仅仅想要显得超级可亲可近而已。我觉得爷爷的弟弟是真诚的，就算他觉得我们是回来和他抢房子的，他还是会彬彬有礼。不过我觉得阿雯不一样，她不高兴的时候就会表现出来，和我一样。

奶奶和我一起住在靠近门口唯一的另一间卧室里。房间里有一张铺着床垫、弹性很好的双人床。床垫看起来是崭新的，应该是爷爷的弟弟专门为奶奶准备的。我比以前任何时候都更庆幸我是奶奶的孙女。昨天晚上我和奶奶钻到蚊帐下面去睡觉，奶奶一会儿就睡着了，可是我却肩负起了一个重大的任务——打蚊子。它们钻进来偷袭我，因为吸了我的血，蚊子都肥肥的，飞得很慢，它们撞到蚊帐上，想要逃出去。于是我一巴掌拍上去，手掌上都是血、拍扁了的蚊子尸体和折断的翅膀。太爽了。我打，一手血。我再打，又一手血。

我们现在又在蚊帐里面了，准备睡一觉。今天被逼着吃早餐和午餐，我们都累了。我被迫吃了太多的糯米和绿豆，肚子里像是装了砖块。我还在打饱嗝，需要消化消化。

蚊帐一般只有晚上才用，可我坚决不准奶奶把蚊帐卷起来。蚊子们从黄昏到黎明都在寻找袭击目标，我敢打赌还有一些蚊子是 24 小时值班的，所以还是待在蚊帐里安全点儿。我躺在床上，到处挠痒痒，好像身上有跳蚤似的。奶奶告诉我抓痒只会感觉更痒，照她的说法，只要我忽略那个痒，要不了一会儿就感觉不到了，但这种形而上的方法对我来说完全不起作用。

我曾经谋划用蚊子做点儿文章，也许是把自己抓破，使劲儿呻吟，然后像得了疟疾一样浑身发抖，也许这样我就可以坐飞机回拉古纳了。可是回家之后医生们会给我检查，然后他们就会发现我在作假。妈妈会立刻把我送回来，那样搞不好整个夏天都得待在这儿了。所以我放弃了这个计划，还是等着侦探带守卫回来吧。那时候奶奶就可以问出她想问的所有问题，然后泪流满面，无奈接受，烧香祭拜，打道回府。应该再没别的事情了。

奶奶拿出了她的虎标油。糟了，要倒霉。我怎么会忘了她的万能武器呢？我立刻停手不抓了，强迫自己不要去碰那些粉红色的小疙瘩，但太迟了。奶奶已经拧开了她那个闪光的金属盖，朝我伸出手。我干吗要让她注意到我呢？她抓住我的右手，一丝不苟地在每一个红疙瘩上抹了药油。你能想象药油抹在蚊子叮咬处的感觉吗？那个薄荷的味道凉凉的可又烧得很，让我觉得更痒了！可是我不能跟奶奶理论说虎标油不好，她把这个东西神化成可以治疗头疼、背疼、关节疼、胃疼、晕船、晕车、烧伤、气体中毒、充血……只有你想不到的，没有虎标油治不了的。

现在，奶奶要给我的左手抹药了。不要啊。我迅速从罐子里挖了一点儿药膏，假装抹在我的红疙瘩上。其实我都抹在疙瘩周围的皮肤上了。即便如此，还是感觉皮肤烧得厉害。奶奶让我自己抹在腿、脚踝、脚、脖子和脸的疙瘩上。我的眼泪都被熏出来了。虎标油真是太牛了。终于，奶奶盖上了盖子。

"你猜以前那面墙上是什么？"奶奶问我。奶奶无论说什么我都能听懂，因为她只用她教过我的那些词语。

我辣着眼睛看过去，觉得墙上以前应该是一幅蓝色的壁画。壁画差不多都剥落了，墙上只留下一些斑驳的痕迹。屋里所有的东西都破旧灰暗，屋外门口的木头上可以寻到刻着的 1929 年的字样。奶奶说，爷爷就是在那一年出生的，为了庆祝他的降生，爷爷的父亲根据在旅行中得到的灵感设计建造了这座房子：整个房子只有一层，屋顶铺瓦，砖头砌墙，四面开窗，房间外延而不是向上修建，屋前有一个比房子还要大的院子。

我突然想起来越南话里"蓝色"是怎么说的了，Xanh。

"对。你还记得故事里讲的仙女穿着像茶的香气一样飘逸的蓝色长袍的故事吗？她的长袍还留着呢。"

我的确记得。我对奶奶露出了大大的微笑。从前每天我都要听两个长长的故事，一个是午睡前，一个是晚上睡觉前，直到后来我去上幼儿园就不再听了。

"从我记事起，我就认识你爷爷了。在他七岁，我五岁的时候我们就定亲了。婚礼一直拖到他从法国、我从日本留学回来之后才举行。不过战争很快就开始了。我们结婚的时候一个十八岁，一个十六岁。太快了。我们婚礼那天，大家排成长龙到家里来。人们拿着鼓和旗子，还有用红色天鹅绒盖着的银色托盘。婚礼的头两天很容易，我不能见他，亲戚朋友太多了，庆祝的仪式也很多。到了第三天，四个肌肉发达的壮汉用轿子把我抬到了你爷爷的父母家。我按照别人教我的，尽量轻手轻脚地进到屋子里，在祖先牌位前鞠躬。在大家祈祷的时候，我溜进了最近的那个带门的房间。

"就是这个房间。这里就是我们的新房。婚床上是粉红色的丝绸床品，墙上有一个蓝色女神凝视着我。我推过一个衣柜抵住门，坐在地板上数我的心跳。在新房外头，大家先是请我开门，后来有人吓唬我，最后是我父亲在外面暴跳如雷。然而，我就坐在地上。当时是春天。窗外桃花在风中飞舞。我跳起来，可是太迟了。你爷爷顺着窗外的桃树爬上了窗户。我把他推出去，然后使劲儿关上了竹制的窗户。可是我还是可以看见他的影子，甚至可以看见他耳边的卷发。他的声音也传了进来。啊，他的声音。夹杂在外面嘈杂的锣鼓声里，他的声音好尖啊。他一直和我说话，一直说到太阳下山。一直说到我打开窗户。

"许多年以后，甚至现在，我都在计算被我浪费掉的时间。那一天和后来的那些日子，那些被我用来看书、走亲戚或者是做白日梦的时间，我原本都是可以用来陪伴他的。多年以来，我都在计算我到底用了多长时间来期待哪怕他的一点点消息。我不是一个爱做梦的人。在战争期间抚养七个孩子可以让任何一个人把现实当作命运来接受。可是，虽然这不太理智，我还是继续等待着。"

"ông sống?"（爷爷还活着吗？）我使劲儿吸了一口气，希望我问得是时候。我轻轻地捏了捏奶奶的手，让她知道我思考这个问题已经很久了。

奶奶知道我的意思，她总是明白我在想什么。我不知道奶奶是怎么做到的，可是她在任何时候都明白我的感受，尤其是当我难过时，或者是需要四分之一块柠檬糖时。

"我不是活在幻想里的，孩子。他还活着的希望和找到一株乌黑的兰花一样渺茫。可是我还抱有一丝奢望，因为我无法想象他是如何离开这个世界的。如果他活着，他应该会回到这个房间来。我们做过承诺，如果命运让我们分散，我们终会在蓝色的仙女像下重逢。他是没有回到我们身边，可是他也从来没有真的离开。我回到这里，是因为我知道，就算我不能见到他的人，但也许我能找到和他有关的线索，不管是什么都可以。那个守卫知道他的日子是怎么度过的：他吃了什么、他穿什么衣服、他说过什么话、他的眼神里有什么、他皮肤的颜色，还有他呼吸的声音。我需要消化所有认定可以知道的细节，然后我已做出过保证，会放下那种思念之苦的。"

奶奶松开我的手，转过身去。该让她休息一下了。

我的身体放松了，四肢摊开，我想起从前，她的话总是会渗透进我全身上下所有的骨头、肌肉和关节里，变成了我的一部分。我始终都可以想象得出，她本是一个富家小姐却不幸生于乱世，在战火中流离逃亡，最后独自抚养七个孩子长大。她总是说："Cờ đến tay, phải phất." 意思是："旗子已经拿在手里了，除了挥舞别无选择。"这与勇不勇敢、优不优秀没有什么关系，只不过就是面对现实，承担起她的义务而已。

　　但是我没法理解她是怎么熬过那些痛苦的。要是有个人，从你出生的时候就彼此认识，可是突然有一天变得一点儿消息都没有，你该怎么面对？爷爷和奶奶对生活有过很多规划，她告诉过我的，他们计划过怎么教育孩子、怎么奉养父母、怎么等待和平的到来，还计划过等他们老了要做什么。可是他们从未计划过从他三十七岁、她三十五岁的时候就生生分离。我以前觉得三十七和三十五已经是很老的年龄了，可是那比爸爸妈妈现在的年纪还年轻得多啊。

　　奶奶睡着了。她的鼾声会越来越沉。我朝她身边挪过去，虎标油和风湿药膏的气味钻进我的鼻孔，一直渗透到我的脚指头。这是让我觉得最安心的气味。

第七章
半个地球之外的严重危机

　　我听见了口哨声——是一种人模仿鸟叫的声音。我从蚊帐钻出来，然后摇晃着身体，好让那些大白天寻找猎物的蚊子没那么容易停留在我暴露的皮肤上。妈妈给我带的全是七分裤，当时我正忙着发脾气，只能听她的推理：裙子不方便，短裤露太多，长裤又太热，七分裤刚刚好。现在全越南的蚊子都在欢呼了。

　　想到妈妈，我跑到行李箱那儿，使劲儿扯出带拉链的口袋，打开拉链，发现里面有一个用起泡塑料布包着的手掌大小的东西。我撕开包装，里面是一部手机和一个充电器。我深吸一口气，盯着手机看。这可跟发现了金子一样啊。我使劲儿亲了一口手机。我就知道妈妈会想出办法绕过爸爸对所有电子产品的禁令——以防我炫耀。可是我真的需要这部手机。为什么昨天早上和妈妈聊过以后我没有立刻发现它呢？应该是因为在越南的这两天，一个接一个的事情接踵而至，身体已经筋疲力尽了：好多事不想做又必须做，见了没完没了的人，脑袋里装满了各种各种的事……光是招架这些，我就已经用尽了所有的精力。

我找了一圈，想找个电源插孔，可是居然没有。生活怎能对我如此残忍？淡定，我告诉自己要淡定。我一定会找到给手机充电的方法，然后我就相当于回到拉古纳了。

我跑出门去，但马上就停住了脚。阿雯正嘬着嘴巴站在院子里，身上还穿着昨天那身破裤子和 T 恤衫。三个十几岁的小孩撑着太阳伞围在她身边，好像生怕她逃跑似的。我敢打赌他们是一路上拖着阿雯到我这儿来的。他们朝我挥手，其中一个是瘦瘦的男孩子，另外两个是长头发的女孩，这么热的天，他们三个都穿着长裤，当然了，因此他们也用不着抓痒或者摇晃身体。让我吃惊的是，阿雯居然带着她的宝贝宠物，而那三个人每人手里都有一个篮子。

那个男孩伸出他撑伞的手，去帮年龄稍大的那个女孩拿篮子。她应该就是阿雯的姐姐阿兰。她俩都是完美的瓜子脸，都有电影明星一样的长睫毛，不过阿兰看起来更漂亮一些，原因嘛，我们必须得承认，发型剪坏了的话，再漂亮也会减分。那个男孩一直看着阿兰微笑。阿兰低下头，对着地面微笑着。

不过，她微笑的时候我发现她稍微有点儿龅牙。

　　还没等阿兰把篮子给他，另一个女孩就把手里的篮子塞给了他。这个女孩直直地看着他，她做这一切的时候又大胆又充满了嘲弄——和蒙塔娜一个做派。男孩咽了口唾沫，喉结动了一下。最后他决定用左手拿伞和一个篮子，用右手提另外两个篮子。可怜的家伙。

　　男孩上前几步，说："小姐，下午好。我叫阿明。如果你不嫌弃我蹩脚的英语，我可以做你的翻译。我是休斯敦附近一所寄宿学校的学生，我拿了奖学金，马上就要读高二了。如你所见，我的英语水平还属于初学者。"

　　我咧嘴笑了。这个面临棘手难题的真诚的男孩子，我真想给他一个大大的拥抱，他还戴着约翰·列侬那样酷酷的眼镜。我的私人翻译！一个越南人，说着纯正的带得克萨斯口音的英语。简直不能更棒了。

　　"嗨，我叫米娅，哦，对不起，在这儿我应该叫阿梅。谢谢你，太感谢了，我有好多话想说，不过首先，请告诉阿雯我很抱歉。"

　　上天保佑他，他没问发生了什么就直接翻译了我的句子。阿雯什么也没说，只是用鼻子哼了一声。那是什么意思啊？她甚至没有张嘴。我敢打赌她恨她的牙套。戴牙套完全就是为期两年的折磨，不过我可不想在有生之年都让我的上牙盖着下牙过日子，所以不妨还是大大方方地戴上牙套比较好。

　　"Xin lôi（对不起）。"我的语气里充满了歉意。阿雯又哼了一声。我就当那是原谅了，人总得向前看嘛。

　　"你能问问阿雯那个是青蛙还是癞蛤蟆吗？"

他问了，然后我得到了史上最长的一段越南话回答："只有无知的人才会连青蛙和癞蛤蟆都分不清！这种错误就和分不清马和骡子一样。你告诉她，青蛙是蛙科的，生活在水里，它们在水中产卵，先孵出蝌蚪，然后变成长着脚蹼的青蛙；而癞蛤蟆是蟾蜍科的，生活在陆地上，它们的皮肤坑坑包包，声音嘶哑，样子吓人。我是在阿婵姨妈家的池塘里发现我的青蛙的，当时它还是单独的一颗蛙卵，不知怎么从一丛蛙卵里脱离了出来。是我一手把它养大的！"

阿明的翻译则是："阿雯感谢你的询问，她很高兴地告诉你，那是一只青蛙。"

阿雯真是伤人的心啊！不过我还是微笑着点头，假装我一点儿都没听懂这个小坏蛋说的话。在我看来我和她扯平了。我不必再有歉意了。从现在起，我的听力技能可不能告诉任何人。

我满脸堆笑地走过去，收下了那几篮子食物。

我必须称呼阿明为哥哥，以表示尊重他比我大。越南人总是强调尊重。事实证明，阿明哥哥和我妈妈一样，也是个超级有办法的人。这也是越南特色吗？我把不能用的手机交给他，他立马开启了"让我来"的帮忙模式。他说我们现在不能去更现代的房子里充电，因为会打搅亲戚们睡觉。他们本来打算把食物放在走廊上就离开，是因为我醒了他们才留下的。而我们也不能去他家或者女孩子们的家里充电，因为他们一回家就必须去睡觉。不过不用担心，他会找到办法帮我充电的。

"你们为什么不睡午觉呢？"我问。

"人在十五至五十岁期间，有太多事情要做，太多东西要学，哪能都睡觉啊。"

我真喜欢他那得克萨斯式的卷舌音。我想了想，所有来参加我和奶奶的欢迎会的十五岁至五十岁的人都是妇女和女孩子，阿明哥哥是我见到的第一个男孩。

"男孩子和男人们去哪里了？"我问。

"都在我们的虾场呢。"

我正在想象着一种暑期训练营，男孩子在一起学习养虾和海洋生物系统，学习划独木舟、游泳和团结协作，学着学着就从男孩变成了男人。

"不管你在想什么，小姐，恐怕您想错了。跟我走，我来给你解释一下。"

我尽量保持脸色平静，假装我什么都没想。

阿明哥哥带路，他有风度地把伞倾斜在我的头顶，自己却完全遮不到。我告诉他不用管我，因为我抹了防晒霜，可是他根本不听。阿雯没有戴帽子，她跟在我们后面，没有人帮她打伞遮一遮她那已经晒成古铜色的脸，而她自己好像一点儿也不介意。年龄大点儿的两个女孩打着伞走在最后面，一边走一边窃窃私语，咯咯地笑。

"我们村全村人联合起来买了一个海边养虾场，"阿明哥哥说，"不想或没法到城里打工或去政府工作的男人都在那儿干活，也住在那里。没能通过严格考试进入城里高中的男孩子也在那里学习养虾，这样一来就不会有男的闲着了。"

"要是有人不喜欢养虾怎么办呢？"

阿明哥哥看着我，好像我问了一个最没有逻辑的问题——

样。我完全可以辩解一下的，不过我干吗要去得罪这个能让我的乡村生活过得更舒服的人呢？于是我躲在他的伞下，抬起头，微笑着看着他既严肃又认真的脸。

我们在迷宫一样的房屋间穿梭，这些紧挨着的房子全是长方形的平房，中间只用齐腰高的水泥墙隔开。偶尔会有多层的长方形楼房冒出来，房子中间的间隔是一人高的水泥墙。这里的人真的很喜欢水泥，房前屋后的院子都铺满水泥。这样一来确实可以寸草不生，也就免了除草施肥这些烦人的事情了。妈妈的一大坚持就是绝对不侍弄草坪。我们买的房子的草地越来越小，现在住的房子的草坪只有一张婴儿床那么点儿大，有个自动喷水器一刻不停地给那块逐渐变黄的草地浇水。也许很快，住在干旱的南加州的所有人家都会逐步把家里的院子变成水泥地吧。

我们终于走到了尘土飞扬的大路上，路的两边都是湿软的稻田。我离稻田非常近，伸手就可以揪下一根稻秧。可是万一我掉进田里和水牛面面相觑可怎么办？我是很喜欢水牛，但那是在保持距离的前提下。

红色的尘土被我踢起来，我穿着凉鞋，脚指头上沾上了泥巴。每个人都穿着人字拖，不知是用什么方法走路的时候能让卷起来的尘土落在身后的路上。我开始觉得妈妈完全不懂人们在这个地方应该穿什么。

在一个十字路口，阿明哥哥指着一棵巨大无比的树给我看。粗壮的枝干上垂下了新的根须，很显然这棵树的树根本来是长在地下的，可是树干上的根须垂下来也在土里生长起来，垂落的须根之间形成了天然的隐身之处。我想在不用睡觉的时候，孩子们一定把他们的时光都花在了这里。

"这棵树是村里最最古老的生物，我们猜它应该已经超过三百岁了。"阿明哥哥说这话的时候脸上闪闪发光，然后他双手合十向老树鞠了一躬。我不妨也跟着鞠躬吧。对着一棵树鞠躬也是越南特色吗？

村子的生活是以这棵树为中心的。在村子的一角，有一座年久失修长满青苔的寺庙，在炎热的天气里，庙门敞开着。庙里有几十只狗伸着舌头似睡非睡地躺在瓷砖地上。在狗群和被它们打翻的水碗中间，有一只鸭子摇摇摆摆地走来走去咂吧着水喝。不知怎么的，这幅画面看起来非常自然。

我们朝着寺庙相反的那个角落走去，进入了一个露天市场，中午市场休市，人们都在睡午觉。商贩们用报纸盖上他们的货物，躺在摊位旁边的简易床上酣睡，脸上盖着手绢。我感觉自己仿佛走进了一个沉睡了的越南村庄版的《睡美人》，美人被巫婆施了魔法，一动不动。

我喜欢这种安静。

我们往市场里面走了一会儿，在一个只有一扇门而没有窗户的水泥小屋前停了下来。我正在想在这个房子里会存有什么货品，阿明哥哥摊开手掌做了个请进的姿势。看着我疑惑的脸，他解释说："这是一个网吧。"

得了吧，什么吧啊。你要是联想到咖啡、小松饼、柔和的灯光和让人昏昏欲睡的音乐啊什么的，可就错了。这就是个用铁皮做屋顶、无比闷热的小屋，屋里有两台拨号连接的电脑。没错，就是拨号连接，不过我可以在这儿给手机充电。苍天啊，谢谢你。我们有时间，于是我付了相当于十美分的越南盾，用了一下世界上速度最慢的网络。

我连上了网。仿佛过了一辈子那么久，终于收到了二十九封邮件。有一些是妈妈发来的。每封邮件都在鼓励我要坚持住，还有每天要学的新的 SAT 词汇。删，删，删。隔着个地球还来烦我！绝大多数邮件都是蒙塔娜发来的。什么皮肤晒黑了、唇彩太油了，什么不知道该扎法式龙虾辫还是瀑布辫。删，删，删。脸书[10]上有一个来自蒙塔娜的信息。我登录等待。米娅·黎，看着这个名字我觉得有点儿怪怪的。我已经有一段时间不是米娅·黎了。

我的天哪！我的背景墙上居然是蒙塔娜和我欣赏的男孩在安妮塔海滩的照片！大多数十多岁的孩子在脱离妈妈的控制和家里其他小孩后都会去那里玩。我点进她的主页，等啊等啊，终于进去了。好多照片，都是泳装照片。她是不是把身材修得更好了啊？到底要多丰满啊？我倒不是想有她的身材，可是我必须得承认我也想要好身材带来的那么多的关注。我是不是显得有点儿可怜而且浅薄？

我欣赏的男孩就在照片里，就跟我预料的一样，就站在她的后面。她扭过头冲他笑。我知道她的那种得意的笑。不过他没有对她笑，他好像是仰着下巴在往上看。我滚动屏幕往下看，信息显示在我离开的当天，他们俩加了好友。意思是说是她向他请求加好友的。

---

[10] Facebook：美国知名社交网络服务网站。——编者注

我这是怎么了？

不过我怎么会让我自己陷入沉沦、丧失斗志呢。阿明哥哥和女孩子们就站在我身后，他们虽然也都汗津津的，但是绝对没有滚下汗珠来，而且他们都盯着屏幕，看见了那些在海滩拍的照片。要是能让我单独待一个小时，我愿意付出任何代价。

阿明哥哥发现我在看他，赶紧假装他没有看过电脑屏幕，抬头看着铁皮屋顶，好像那屋顶在给他解释什么未知的定律似的。他告诉过我，他今后想成为数学家，或者是教授，或者是诗人。求求你，苍天啊，千万别让我妈妈认识他。我都能听见她的攀比和叹息声了。

阿雯撇着嘴，我想她心里肯定有一堆有关蒙塔娜的疑问，准没错。我想让自己神色自然些，可是我心脏猛跳，脸色通红。停下来，我的情绪啊，别让他们看出来我感觉心慌意乱。我也不知道我的情绪到底听见我说话了没有。

那两个年龄稍大的女孩一直说着悄悄话。我其实没听见她们在说什么。阿明哥哥已经整理好了情绪，真庆幸可以做翻译了。

"那个女孩是谁？"那个有点儿讨厌的女孩先开口问。

"我的朋友蒙塔娜。"

"为什么她比你大？"

"她和我一样大，都是十二岁。"

"十二岁？她已经有孩子了吗？"阿雯不会打消那些疑问。

"什么孩子？"

"她身材那么丰满应该有原因的吧？"

"相信我，是有原因的。"

"你确定她只有十二岁？她是不是留了好几级啊？"

"我跟你说了，她就是十二岁。"

"美国人喜欢那种丰满的身材吗？"

一个人怎么可以这么喜欢瞎打听呢，我心里这么想，可还是回答道："她身材丰满不是她的错。"

"她非得穿那么小的三角形内衣吗？"

"那是在南加州，人们在海滩上都穿比基尼。"

"她一定要让人看她的身材吗？她为什么要这么炫耀呢？"

"她不是鸭子，也不是孔雀，她是我最好的朋友。她很聪明，我行我素。她很快乐。真的。"

"最好的朋友？她会在自己快乐之前先考虑你的快乐吗？"

我极其缓慢地点了点头。我也不知道我为什么要为蒙塔娜说好话，我只是觉得要是我不这么做，我的生活就崩溃了。阿雯真烦人、真烦人、真烦人。我不想再被审问了。阿雯懂什么呀？她只懂得养她那只巨大的青蛙。

我在感觉焦虑的时候说话的语速一般都会变得很快，好像说快点儿就能把焦虑吐出来一样。我滔滔不绝地说着我和蒙塔娜都正值青春期，那意味着压力、改变、向往自由，还有身体发育。我都忘了我应该停下来让阿明哥哥翻译。关于青春期我有太多话要说。说得越多，我就越能假装自己是平静的。爸爸选这个夏天让我来完成这个"让我妈妈开心"的大计划，实在糟糕得不能更糟糕了。我嘴巴里在说着青春期的种种。这是不是就是人们说的人格分裂啊？最后当我停下来的时候，阿明哥哥显得有点儿为难了。

"小姐，越南话里没有青春期对应的单词。英语的数词从十（ten）往后是十一（eleven）、十二（twelve）、十三（thirteen）、十四（fourteen）。从十二到十三有一个文化加拼写的变化。可是在越南语中，我们说十（ten），然后是十一（ten one）、十二（ten two）、十三（ten three）、十四（ten four），没有英语那种变化。从字面上说'十几岁'是从十岁开始的，可这就不是你们说的那回事儿了。越南语中最接近的一个词是tuổi dậy-thì，意思是十五六岁青春期年龄。"

"你就跟他们说，从十二岁到十三岁的过渡很艰难就行了。"

"她们不会相信我的，因为在这里十二岁和十三岁没什么区别。"

要是我的私人翻译一直跟我争论事实，较真的事实，那么要这个私人翻译还有什么意义啊。每个人都知道十三岁是人生一个巨大的里程碑，它的意义丝毫不亚于美国老人都会记得的肯尼迪被刺[11]之时自己所待的地方。

我父母到底是怎么想的，把我扔在这个不存在青春期概念的地方？这里的人每顿饭都吃用不同方式烹制的大米，这里的人会集体睡午觉。在这儿，听话的小孩被排除在正常的谈话之外。

而最糟糕的是什么？在这儿根本就没有人听我攒了很多很多很多的抱怨，因为这儿的人压根儿就不抱怨。

---

[11] 1963年11月22日，美国第35任总统约翰·肯尼迪在得克萨斯州遇刺身亡。该事件震惊了美国以至全世界。——编者注

第八章
爷爷亲手造的鸟巢

　　阿明哥哥送我回奶奶那儿。阿雯在刚才那阵牙尖嘴利之后就不知去向了，两个年长的女孩子一路上还在傻笑，后来也走了，阿明哥哥目送着她们离开。这让我暗自感伤起来：性格活泼点儿的那个女孩就像蒙塔娜，而阿兰姐姐是有选择权的人。为什么我心中最隐秘的心痛会在越南的一个小村子里被一段关系给演绎出来了呢？

　　太阳还是炙热灼人，已经到了下午三点，差不多是起床的时间了。我们穿过市场往回走。和卡通片里演的一样，手绢盖在打鼾的商贩脸上飘起飘落的。一开始看见这种很私人的场景我觉得挺别扭的，不过后来觉得这事儿很正常，这些醒着的时候一直待在一起的人当然也可以同步午睡。

我想知道这里会有人感觉孤独吗？之前在我们经过一栋四层楼的房子时，我听见阿雯说要是她一个人待在这么大一栋房子里的话，她会害怕有鬼的。我想如果平时习惯了周围有人陪伴，太安静的地方确实会让人有点儿毛骨悚然。

刚走进我们的院子，手机铃就响了起来。阿明哥哥鞠了一躬，然后离开了。

"怎么这么久才接电话？"妈妈昏昏欲睡的声音从手机里传出来。我浑身的肌肉立刻都放松了。太棒了，妈妈简直就是我完美的倾诉对象。

"你不知道我在这儿到底有多忙。每一秒钟我都有事情要做。到处都是人，我根本就没有独处的时间。房子里没有插座，我出去给手机充电都要中暑而死了。"

"好啦，我们重新来一遍。你好吗，甜心？"

"很不好，不能更糟糕了。这里又湿又热，我身上密密麻麻的都是被蚊子咬的疙瘩，我带来的裤子不合适，我的拖鞋也不对，我的紧身衣穿在身上更是热得不行，我完全不明白为什么我要在这里受折磨。"

"阿梅。"

看吧，她又来了，又用那种方式喊我的名字，让我忍不住平静下来，可是我一点儿都不想平静下来。

"阿梅，亲爱的。问题出在哪儿？"

"哪儿都是问题。我恨这里。为什么你们要让我来这儿？

不公平。我没有做错任何事情。奶奶的丈夫被战争夺去了生命，我无能为力。为什么要让我来弥补这一切？我只是个小孩。我想回家。"

"阿梅，深呼吸，来，吸气，呼气。对不起，我应该给你准备些宽松点儿的长裤和止痒的药膏。不过我知道一个止痒的秘诀：抹点儿你自己的口水在小疙瘩上面，就可以中和蚊子叮你的时候释放出来的抗凝剂。不过只有你自己的口水才能帮你止痒，别人的口水可不行哦。"

"母亲！我甚至不可能在身上涂自己的口水！你怎么还能怀疑我会用别人的口水呢？"

"天哪，你的心情不好吧。是因为蒙塔娜抢走了你的朋友吗？"

我的胃里翻江倒海，剧烈的恶心感冲上喉咙。我把手里的手机直接扔到了地上。我觉得地板在旋转。我扑通一声倒在地上，身体蜷在一起，用膝盖抵着脑袋。为什么生活要这样对我？妈妈是怎么知道的？我不敢问。我使劲儿地吸气，呼气，再吸气，呼气。手机沾上灰尘了。我把手机捡起来，擦干净。毕竟这是我和真实生活的一个连接。我站起来，妈妈还在电话里头叨叨个不停。

"分别往往是最好的检验。要是你的朋友是个值得交往的人的话，甜心，等你回来以后他还会是你的朋友。这也是对你的蒙塔娜的一个考验。你想从朋友那里得到什么呢？另外，你有一辈子的时间去交朋友，为什么不好好享受和奶奶在一起的暑假，看看会不会有什么惊喜呢？"

比起不断地猜测我最隐私的想法，妈妈还有一个更糟糕的行为，就是她会用各种陈词滥调来给我提建议。我是不是会说梦话啊？为什么妈妈会对我的想法一清二楚，甚至是我自己都不想去想的想法？我想要从朋友那里得到什么呢？如果不是因为这个问题里暗含着一个巨大的打击的话，我不会知道我想从朋友那里得到些什么。之前蛮横的阿雯问过我，蒙塔娜会不会优先考虑我的快乐而不是她自己的快乐，现在妈妈也说了相同的话。我希望大家都别在我的脑袋里头唠叨了。

"阿梅？你说点儿什么，让我保持清醒。我这里是半夜。我们上次聊完以后，我就设置了每隔一个小时就自动拨号打给你。你还好吗？说点儿什么吧。"

"说什么啊？"

"好吧，好吧。你想聊的时候，就打给我。即使我人不在你身边，我也是一直陪着你的。我买了国际通话服务，所以我们随时可以通话。"

"我听见奶奶叫我。"我撒谎了。不过这时候奶奶确实该醒了，她要喝茶的。

"我起床以后我们再打电话好吗？那是明天唯一的通话机会，因为明天一整天都得出庭。我起来的时候你那里差不多是晚上十点，你能等我吗？"

"也许吧。"

"趁我还记得，我们来学今天的单词，conundrum，c-o-n-u……"

我差一点儿就去按挂断键了。我忍。

事情就是这样。我对 SAT 词汇产生了抵触情绪，我把所有的高级词汇都从脑袋里面擦掉，删除，再见。等等，"删除"这个词是不是高级词汇啊？也许是吧。好，重来。"摧毁"，"摧毁"这个词怎么样？摧毁，再见。等我回去的时候我就只保留中学的词汇了，我妈一定会发疯的，可我就是个中学生嘛。等等，"保留"这个词是 SAT 词汇吗？我必须要提高警惕。"警惕"也是吧？天哪，妈妈已经把我彻底玩坏了。

我把手机关机了，表面原因是为了省电。可我还对付不了妈妈。她肯定会尽量插手我的事，她会把我给弄疯的。没有人能解决我的大问题，就算是妈妈也不行。解决问题的唯一办法就是现在立刻飞回去，用张毯子把蒙塔娜裹起来，然后扔到车库里头去，除此之外我不知道还能怎么做。我被困在世界另一端被蚊子包围的沼泽里，说什么都是白搭。那个啰嗦侦探到底去哪儿了？

当然在下瓢泼大雨了。我们不得不在雨季的时候来，除了又炎热又潮湿之外，这是蚊子的最爱，还会随时落下雨来在地上形成许多的小水坑，成为蚊子的育婴室。每次蚊子吸了我的血之后就可以积蓄营养，然后产下不计其数的虫卵来。这个过程我也有贡献，真有成就感。

奶奶、我，还有爷爷的弟弟都在前屋，我们在窗边喝茶，看着箭一般的雨水砸在院子的水泥地上。我们都没有说话，喝口茶，看会儿雨，再喝一口茶，再看会儿雨。

我应该称呼他阿顺叔公。奶奶把他的名字写在纸上一遍一遍地教我读。想要读好他的名字得同时做到以下几点，首先嘬起嘴唇，然后卷起舌头，从前元音迅速滑到后元音，还得收腹，闭喉。我没办法在同一时间完成所有的动作，所以我还是称呼他为爷爷的弟弟吧。这都在预料当中的，但我在这么心烦意乱的时候还这么有创造力，我怎么这么厉害啊？我现在满脑袋都在想蒙塔娜是不是经常扭着屁股骚扰他？还有，关于他的事情妈妈知道多久了？

爷爷的弟弟开口说话的时候，我们都喝掉三杯茶了。我被他吓了一跳，滚烫的水差点儿倒在大腿上。要是再来一个三级烫伤的话，我的这一天就算完美了。

爷爷的弟弟用手指着一个建在粗大树桩上的巨大木制结构，说这个鸟屋是爷爷当年修的，每一面都有四个圆形的鸟巢，里面一直都住着鸽子。

"多年以前，在我每年进山找人参的时节，我都随身带一对鸽子。"爷爷的弟弟说，"我把它们放了。我想它们应该是渴望大自然的，可是它们飞回去了，比我回去得还早。"

"动物的本能是不可能忘记的。"

"就算它们迷路了，我觉得它们也不会放弃寻找回家的路。"

"除非是被什么事情耽误了。"

"他要是能回来早就回来了。"

"是什么事情耽误了他回家呢？"

"虽然不知道他的下落，但是我们可以给他找一个好地方，让他安息。"

"安息？"

"家族墓地里给他留着位置，也给你留着。我的一个儿子也埋在那里。他的尸体在战争中找不到了，可是我把他的灵魂葬在了那里。"

"你是怎么确定他不在了的?"

"战争结束之后,我一直盼望着他回家。每一天我都在寻找他的身影。士兵们陆陆续续地回来了,有的人是衣衫褴褛走路回来的,有的人是骑着自行车回来的,车轮子变形了,连轮胎都没有。他们是从最南边回来的。每年回来的人都比前一年少。到了第三年就再也没有人回来了。日子就那么过去了。然后孩子他妈也去世了,他们应该在天上团聚了。"

奶奶点点头。爷爷的弟弟深沉地望向远方。他们又陷入了沉默。他们说的每个字我都听懂了,可是不知怎么句子的意思我却抓不住,就像我抓不住每一滴雨滴一样。

刚才还是倾盆大雨,突然之间细雨如丝了。奶奶站起来朝鸟屋走去,她脚步坚定地走了过去,头上没有任何遮盖。她会被淋湿着凉的。我连忙追了上去。就在这时,鸽子从鸟屋里飞了出来,被不知名的力量指引着,它们展开白色的双翅在我们的头顶盘旋,就像是撑起了一把律动着的、羽毛做的大伞。

奶奶细细地抚摸鸟屋里的每一个圆圈,一共是十六个。我知道她一定是在想这些鸟巢都是爷爷亲手造的呀。这也让爷爷的形象在我的脑海中更真实了。爷爷在这个村子里行动。他在那间有蓝色仙女壁画的房间睡觉。他吃从花园果树上摘下来的柚子。我也在抚摸每一个圆圈。

奶奶开始喃喃地吟唱一首长长的圣歌。我认真地听着,不是为了听懂歌词,而是为了感受曲调中无可争辩的份量。

我正要憎恨这个地方,这样神奇的事情就发生了。

第九章
海滩上的一通重要电话

我硬撑着不睡。还有二十三分钟就是凌晨一点了,拉古纳时间是昨天的上午十点。这个时候蒙塔娜应该起床了,不过还没去海滩。

整个晚上我都在盘算,尽量让自己像心思缜密的妈妈一样考虑周全一些。我向奶奶借了一条睡裤,我说我想穿得舒服一些。睡裤确实超级舒服,不过我借睡裤的理由是它能遮住我的皮肤,好让我可以在外面打电话而不被那些吸血鬼们大快朵颐。我练习了一下好让我的声音听起来轻松又愉快,就像我打这个电话只不过就是问候一下罢了。我要让蒙塔娜在自然的、毫无准备的状态下谈起她交到的新朋友，但是我自己必须得小心不要说漏嘴。蒙塔娜可没有妈妈那种看穿我心思的能力，所以我的秘密是安全的。

没有接妈妈晚上十点打来的电话的确让我觉得挺内疚的，电话一直都在震动，就像在无声地尖叫。妈妈一条接一条地给我发短信，可是那个时间要说在睡觉是不会有人怀疑的。奶奶就在睡觉。妈妈肯定很担心，自动就朝最坏的方面想。我也不知道我还能逃避她多久，不过她应该会问我很多问题，从我嘴里把所有事情一点点地撬出来。而让人伤心的事实是，我们只不过知道对方是谁，打过招呼，如此而已。以前在学校的时候我从来没有注意过他，直到几个月前他在班上谈论一首诗歌。当时他非常温柔，展露出一种深情，那是我从小到大在奶奶脸上看到的那种神情。

时间到。我爬起来，穿上奶奶的袜子，这样一来我就只有手和脸露在外面了。当然，我还能来回晃动身体来保护我的手和脸。我跑过鸟屋，一直跑到院子最远的一边那棵柚子树下面。

我在蒙塔娜的号码前面加拨了001，当你晃动身体的时候要做到这点比你想象的困难。她应该记得我的号码，记住彼此的号码是为了我们在发生地震的时候紧急联系。不过，我觉得她应该只记住了越南的区号。

"蒙塔娜，是我。"

"真的是你吗？我都要无聊死了。没有你在身边真没劲。我真不敢相信是你打来的。你不知道我现在的生活有多糟糕。

比如说昨天，哈德丽没救了，我不可能一辈子都教她怎么编龙虾辫吧。她还问都没问我就抹了我最喜欢的唇彩，然后她居然说：'我不喜欢这个味道。'你能相信吗？她总是想来就来想走就走，我发誓，我受够了，我可是够够的了。她邀请英语课上的那个男生一起去海边玩，你知道的，就是那个在班上聊诗歌的男生……"

我分毫不差地知道她说的是哪个男生。熟悉的恶心感觉又涌上来。我快速踱步以抵抗那种感觉。别管什么站直了摇晃身体了，我得来回踱步抵挡蚊子，也掩饰了心虚。"你不会是已经去海边了吧？和哈德丽一起？"

"是啊。我是说过我不喜欢她，可你一直都很喜欢她啊，所以，我还好啦。"

"我打的是越洋电话。你知道我打电话来可并不想跟你聊哈德丽。"

"猜猜谁在这儿？"

"你怎么早上十点就在海滩了呢？"

"本该是非常精彩的，一大早人们发现了一大群海豚，可是等我们到这儿的时候……嘿，你是要走吗？"

"我？我不走啊。"

"没说你，我在和那个诗歌少年凯文说话。哈德丽跟他完全不般配，你不觉得吗？嘿，你过来，别走远了，和米娅聊两句吧，她大老远从越南打来的，越南是她的老家……"

我认为这是不可能的，可是我却比一分钟前感觉更恶心了。我紧紧抓着手机，手上的青筋都绷起来了。我踱着步，走得很快。蒙塔娜正在告诉别人我的这趟旅行有多棒，说得好像她能在这儿忍受一天似的。她一直不停地唠叨，意味着她很紧张。我们俩都有这毛病。

"和她聊几句吧，和米娅聊聊。"她一直说这句话，感觉她在推销商品。她呼吸的声音变重了，她肯定是在跑。

"嗨。"

我停止了踱步，清清楚楚地听见了那声"嗨。"说话的人就是凯文，没错。

"嗨。"我努力憋出一句。我的声音听起来又干又哑，好像有一大群蚂蚁正在爬进我的喉咙。

"那边怎么样？"这是凯文对我说的第一句话。多么美妙的句子啊。

"很热。"我的话都被蚂蚁给吞了吗？肯定是被蚊子吞了。我晃晃身体，晃一晃，晃一晃。

"这边也很热。我们正在……"

我听见一片噪音，然后电话断了。啥？什么情况？搞什么呢这是？他正在跟我说话呢！我正准备回答他。我重播了号码，可是只有语音信箱。再拨，还是语音信箱。我发短信。等。没有回音。分处世界两端真是太烦人了！

一通时长 2 分 12.8 秒的电话怎么会让我如此紧张不安呢？刚才发生了什么？

1. 凯文和我说了话。棒。

2. 他正试图从蒙塔娜身边走开。好。

3. 蒙塔娜很紧张，意思是她想引起别人的注意。危险。

4. 哈德丽想和凯文交朋友，那就是说蒙塔娜会更用心。可怕。

5. 蒙塔娜没有问及我的旅行，也没有说她想念我。不像话。

一时间所有的情绪都在我的身体里碰撞，我浑身上下都难受极了，于是跑进了屋子。等我休息好了，恢复了元气，事情就会好起来了。一定会好起来，对吧？

第十章
爸爸名字里的秘密

紧张的谈话声把我吵醒了。那是奶奶和一个男人的声音。不是爷爷的弟弟，也绝对不是阿明哥哥。不是爸爸的声音。我倒希望是。我的天啊，是我们的侦探！

我从蚊帐里面爬出来——比你想象的要难多了——然后跑进了前屋。就是他！还是那么干瘪，还是那么唠叨。我的遭罪之旅才刚熬了四天他就来了。这位先生真是位天才。我很快就可以去海滩了。啦——啦——啦——。我往四周看了看。等等，那个守卫呢？

我难掩脸上绝望的表情，看着奶奶："那个守卫在哪儿？"

可奶奶只是紧皱着眉头。

"请原谅我的孙女，她还在醒盹，所以有点儿失礼。"奶奶对侦探说。然后她对我说："你的衣服呢？"

说的好像她的睡衣样式的丝绸套装和我那套丝绸睡衣看起来有很大不同似的。不过，显然我确实没有那种神奇的力量去分清楚宽松的外衣和宽松的睡衣之间有什么区别。我回去换上了堪称完美蚊虫诱饵的七分裤。奶奶冲我微微摆摆头，我明白她的意思，于是我走出屋外不打扰大人们的谈话。

不用担心，我可是有间谍本领的。他们在前厅说话，所以我只需要蹲在打开的窗子下面，就可以听见他们说的每句话啦。我用筷子夹了根烂香蕉扔在窗外地上，然后拿着一个塑料袋潜伏到窗子下面，这样的话万一被发现了，我就可以随便推说我在帮那谁捉果蝇，你知道我说的是谁啦。

我只听得懂奶奶说的。侦探说的话就像一堆泡泡飘起来又破掉，可是不幸的是，大多数时间都是他在说话。我需要时不时地跳一跳来活动活动我的腿，防止腿麻。我知道我的样子有多怪异。

"你已经查到了那个守卫就在河内？那为什么没带他来？"

叽里呱啦，叽里呱啦。

"我不会去找他的。我需要休息。他曾经将我的丈夫作为战俘拘禁着，必须让他到我这里来才能冰释前嫌。"

叽里呱啦，叽里呱啦。

"答案就在他手边，可他为什么非要指向天边呢？没有人会觉得他在靠战争谋取不义之财。每个详细的情况，每一个细节，都意味着……"

又听不懂了。啊！

"告诉他，我一直都在等，我熬过了战争，独自养大了七个孩子，离乡背井生活在另一个国家，我就是想等到有一天有人能告诉我，我的丈夫在没有家人陪在他身边的时候是怎么过日子的。告诉他我不会和他谈论战争的事。就这么简单。你最好告诉他我就是想听他说一说，别无他求。"

侦探深深地吸了一口气，好像是想让自己整个人都慢下来："我会再跟他说一下您的情况的。"

哇呜，我听懂他说的话了！他还是可以正常说话的嘛。也许奶奶就应该多给他讲讲自己的生活以此来麻痹他。可是守卫到底在哪里呢？这才是我想知道答案的问题。

"小姐，你在干什么？"

我跳起来，脑袋重重地撞到了半开着的窗户上。我和阿明哥哥同时大叫了一声。我的翻译是世界上最酷的人，不过我也可能需要一些独处的时间啊，谢谢了。他应该是要问我为什么不去卫生间而在这儿又蹲又跳的。如果是我看见有人做出这种姿势就会问同样的问题。我飞快地举起我的塑料袋，里面已经装了三只果蝇。这些小东西一刻都不消停。

"你不会是在大费周折给那只青蛙捉虫吃吧？它已经超重了，我们都担心它会得心脏病。要是它病了，你能想象可怜的阿雯小姐会做出的那种灾难性的反应吗？"

我夸张地站了起来，然后把那三只果蝇放了，权当是为

了世界各地体重超标的宠物好吧。

现在奶奶和侦探都在屋前，我若无其事地走了过去。狡猾，说的就是我啊。

奶奶点点头，朝屋里走去。我给侦探来了个大大的微笑，装出极大的兴趣，这样我就可以打听守卫的事情了。

"你好，先生。"我边说边给侦探鞠了个躬，我太得意了，我居然亲自用越南话问候了侦探。

阿明哥哥哈哈大笑起来。"小姐，他差不多是你爷爷辈的年龄了，你应该称呼他为爷爷。"

"我觉得只有我自己的爷爷才应该叫爷爷。"

"如果你单独说爷爷，大家都知道你说的是自己的爷爷。可是称呼和你爷爷同辈的人时，你必须先说爷爷，然后在后面加上他的姓氏。"

侦探抓着我的手说："Ông Ba nắm chặt tay con, dù cho chiến-tranh đã chia rẽ nhiều người, dù rằng nhiều tim đã thành miếng đá, Ông Ba từ lâu đã quyết-. định rằng……"

他在说我爷爷奶奶的什么事情呢？

我的翻译介入了。"他是Ba爷爷，就是三爷爷。Ba是三的意思，所以他在家是排行老三。Ba的发音和奶奶那个词Bà 的发音是不一样的。发Bà 的时候声调是往下降的。"

我的样子看起来一定很困惑，因为阿明哥哥又重复了一遍。他指着侦探说"Ba爷爷"，又指着里屋说"Bà，爷爷"。这到底有什么区别嘛！

阿明哥哥却纠缠不休。"Ba 和 Bà，就像英语里头

choose 和 chose 一样，有很大的不同。"

哼，显摆。我甩给他一个我著名的杀人激光大白眼。

"要是你允许的话，我可以教你读变音符号。十二个主要元音只有九个变音符号，以及各种排列方式。只要你学会念变音，以后不管什么词你都能准确地读出来。越南语的语言之美就体现在它的读音和拼写是一一对应的。你学会了的话听起来就不会像个外国人了。"

"我说话像外国人吗？"

"呃，不是，那个……一点点吧。"

正在这时，Bà 爷爷，哦不对，Ba爷爷——哎，还是算了，我还像以前一样叫他侦探吧——他又开始叽里呱啦了。

阿明哥哥听得非常认真，以至于太阳穴上的血管都鼓出来了。"小姐，我很抱歉我不能完全翻译出他的意思。他说的超出了我有限的英语能力。不过别担心，我不会放弃的。"

说完，阿明哥哥就从他的背包里掏出了一个笔记本和一支笔开始记笔记。国际学者的背包里当然应该有现成的笔记本和笔啦。我敢打赌，他肯定还随身带了计算器。转念又一想，他很可能用脑袋就能计算清楚所有事情。看着笔记本，唠叨的干瘦侦探开始讲故事了。阿明哥哥看起来好像是在听一首情歌，不停地写啊写啊。他们真是天生的一对。

我还是进屋去吧。

奶奶坐在窗边，正在吃粥，那是一种用鲶鱼和小茴香熬制的大米稀饭，是奶奶最喜欢吃的早餐。有一碗粥盛好了用盖子盖着，是我的。"粥"念 cháo，"你好"念 chào，别弄混了。

我现在也很喜欢吃粥，清淡又开胃。我一直晃着脚来驱赶那什么——你懂的。奶奶想笑，不过忍住了，她总是过于讲究礼节。

　　奶奶当然从不担心蚊子会吸她的血了，因为她吃了几十年的素，她的血太干净，太寡淡。阿明哥哥说这里的蚊子喜欢叮外国人，因为外国人的血含糖量大。他说的好像这是一个普遍的事实。没错，我的血液里一直泡着夏威夷面包、麦片、薯条、玉米……这些东西里头有大量你想不到的糖分。而妈妈说，吃这些东西和直接吃白砂糖是一个效果。嗯，我在这里并没有吃什么隐形的糖啊（我自己觉得没有），可是为什么蚊子还是喜欢我呢？我的血什么时候才会变成咸的呢？

　　我拼凑着越南语单词想要问问守卫的事，可是根本不行，我总共只会说差不多三十个词。我的脑袋会听不会说。

　　奶奶当然注意到了。她拍拍我的手，对我微笑，那笑容就像是在对我说如果她可以的话她会给我全世界。

　　"Con khô，"我告诉她我觉得很难过。"Không chiu đuoc."没法忍受了。

　　奶奶拉着我的手，说："嘘，không sao。"别担心。这句话她对我说过一百万次，每一次我都觉得我真的感觉好多了。"当你还能大声抱怨的时候，我就知道你其实还好。当你痛苦得已经哭不出来，伤心的都不想再去听自己的故事，那才是我所知道的真该担心的时候。即便你什么都不说，你的难过也会从你的呼吸、你的眼睛、你的毛孔里蔓延出来，我就会知道。深吸一口气，我的孩子，你可以比自己想象的要坚韧。"

我不知道我是不是坚韧，我只是想回家。"Muôn về."我想回家，我终于大声说了出来。她非常忧伤地点了点头。

"我知道，在你这个年纪，朋友很重要。你一定想念他们了吧。我的孩子，再多借给我一点儿时间。你在我身边，我觉得特别开心。不过，如果我的请求让你觉得痛苦的话，我们可以选择联系你爸爸让他安排你回去，不用再陪我。"

我觉得自己渺小得成了一颗尘埃。要是就这么嗖一下就回家的话，那我还算什么孙女啊？这可是奶奶第一次开口让我办事啊。因为对我的愧疚，她看上去很痛苦，因为我难过，所以她真的很痛苦。

"Không sao."别担心，我听见自己说。我并不是很相信这话，可奶奶总能够用这句话来安慰我。"Không sao."我又说了一遍，不仅是对她说的，也是对我自己说的。这句话的魔力起作用了，因为奶奶的脸上泛起了笑意。

"Cho đuoc không?"你能再等等吗？她问。

在说出实话之前，我赶紧点头表示肯定。

我们安静地吃着早餐，我默默地说了很多遍 không sao。也许再过不久，我就会真心相信再等等也没关系吧。除了等我还能做什么呢？不管我紧张还是不紧张，在拉古纳的事情都会照样发生。我希望我能强迫自己不再去想那个海滩，一切都等回家再说。我讨厌等待。谁不讨厌呢？尤其是我连要等多久都不知道。还是两个星期吗？侦探来了，可是他皱着眉头，小声说话，这可不是好兆头。这才是最糟糕的地方，我什么也不知道。我甚至都不知道从何而知，因为没有人知道。唯一一个可以静静等待几十年的人，就是奶奶。

她放下碗，问我想不想听个故事。小时候，当我不开心的时候奶奶就给我讲故事。我喜欢听她的故事，虽然故事听起来比我感受到的任何事都要忧伤。我喜欢沉浸在她的故事里。

"他们来了，都穿着白色的军装，清一色笔挺的裤子和大檐帽，你爷爷也总是穿这一身。那些人走进来，把帽子拿在手里，眼睛看着远处。他们费了很大的劲儿才从喉咙里逼出那几个字。我清清楚楚听到的是'目前被列为战争失踪人员'。

"那天是 4 月 10 日，那年是 1966 年马年。

"后来，我们为了逃离战争，离开越南，我要报出生年月来申请难民资格。你爸爸和伯伯姑姑们的出生日期他们自己都知道，他们成长的时期，全世界都开始使用西历。我的出生日期用的还是我们东方的农历。一个人出生的生辰八字决定着这个人的命运。

"可是要是没有出生日期的话，就不能进入美国，我们要填数不清的表格，所有的表格上都要填出生日期，不知道应该往那个空格里填什么的也不只我一个人。有人建议说那就填一个你们能记得的日期吧。

"于是我填了 4 月 10 日。

"每一次我按要求记录这个日期的时候都感到刀割一般的难受。这会不断强化记忆。我没有写我们最后见面的那天，那一天只属于我。

"当你爷爷出门的时候，我伸手去整理他的草帽的帽檐。

那天他没穿军装，而是穿了一件便装。似乎穿着的改变能够掩盖命运。那天他去一号公路执行一项任务，就在北方控制区的边缘。

"当我向他伸出手的时候，我的手掌可能是摸到了他的脸颊，那是我们最后一次碰触。我已经不能肯定多年前的那一刻我们是否的确有过肌肤之亲，但这么多年过去了，我仍然觉得大有可能。

"我没有用你爸爸，或者其他孩子的出生日期。有七个孩子呢，用谁的才好呢？老实说他们的确切出生日期我一直都记不住，可是出生年份和时辰早就成了我的一部分。

"你爷爷用每一封家书的最后一行文字为每个孩子起名。他在法国留学，我在家里上私塾那几年；我还是一个年轻妈妈的那几年；还有他在美国训练而我在家里照料家务和孩子的那些年，我们都是用书信联系。

"他每封信的最后都要写上一句'Mong Nhớ Em Đếm Từng Hạt Mưa'。这句话是他给我写第一封家书的时候就有的，说的是一个孤身前往城市的男孩在春天的细雨里思念等待他的新娘。

"你爷爷起的名字孩子们都不喜欢，尤其是你爸爸。你爸爸说怎么能用泪滴什么的来给孩子起名字呢？在每个孩子出生之后我也提议过起别的名字，可是你爷爷坚持要用这些名字，就像树根不愿意离开大地一样。他希望在看到孩子们的时候，能够想起分离的日子里那种渗入骨髓的感受。"

我以前总是嘲笑爸爸他们几个人的名字。"Mong Nhớ

Em Đếm Từng Hạt Mưa"的意思是"细数每一滴雨热切地想念着你"。拉倒吧，谁会用信里头的一句傻里傻气的话来给孩子起名字呢？这句话倒是挺浪漫的，可是变成名字就完蛋了。在后面加上称呼就更惨了，"热切"伯伯、"想念"伯伯、"你"姑姑、"细数"姑姑、"每一"姑姑、"水滴"伯伯，还有"雨"爸爸。

蒙塔娜的爸爸妈妈起名字也不怎么样。蒙塔娜有个姐姐，名字叫怀俄明，因为当时她爸爸到西部去买了一个养马场。她爸爸本来是个电影制片人，他很快就发现自己完全不懂怎么照料马匹，也根本不喜欢马。后来他和自己的助手好上了，他们生了个孩子起名叫"人民"。千真万确，"人民"。于是蒙塔娜的妈妈搬到了拉古纳，买了一栋她能找到的最大的房子。

当我和雨爸爸发脾气的时候，我会叫他雷雨、云雨、台风、季风。当然，都是心里叫叫罢了。我爸爸没有什么幽默感。去了美国以后，爸爸尝试着继续使用雨(Rain)这个名字，但这个名字在他上中学的时候给他惹了很多麻烦，所以他把名字改成了"雷(Ray)"。这个名字和他的本名毫无关联，却让他免去了很多麻烦。不过，在家的时候，他一直都是雨。

第十一章
一 个 坏 消 息

　　所有的一切都还笼罩在灰暗里，隔壁的叫声很大的大公鸡还没有开始打鸣，但我还是起床算了。没办法，后屋持续传来一声高一声低的呼噜声。昨天侦探留宿在这里，他和奶奶谈到很晚。他们一直都在聊，不过我什么都不知道。要是让我来决定的话，我肯定立刻把侦探赶出去做他该做的事情。不过我对现在的生活可以说是毫无发言权。

　　昨天一整天，侦探一直对我视而不见，他一直都在迎合奶奶，而奶奶就让我等。我一直都在等！爸爸让妈妈转告我，有一个病人患上了极其严重的并发症，他一时半会儿无法回来解决守卫的问题。一时半会儿是多久啊？妈妈是用短信告诉我这事的，因为她在上庭，不能通话。我规规矩矩地回她的短信，告诉她电话打不通了，只有发短信还可以。如果是发短信的话，我就可以回避她那些关于"朋友"的问题了。只是想想和妈妈谈论凯文的事情都能让我胃里翻江倒海的。妈妈也用了相同的招数，她忽略了我在每条信息最后都说的那句"我想回家"。只能发短信也没能阻止她给我留烦人的语音信息。我知道她担心我，不过我还不想和她通话。现在还不行。

我的脑子里一直在疯狂地设想各种可能性。第一，蒙塔娜和他不管怎样还是成为了好朋友，那样我就不纠结了。我不会欣赏一个投入蒙塔娜怀抱的人。第二，他们没有成为好朋友，那我就得想方设法试探出他想不想和我交朋友，不过要是蒙塔娜知道的话，这会刺激到她的。天哪，这些问题已经在我脑子里盘旋了好几个月了，怎么还在原地踏步呢？虽然我对此还很感兴趣，但是已经觉得有点儿无聊了。

我强迫自己从床上爬起来。

我穿着奶奶的睡衣和袜子来到走廊上。哇，外面好凉快啊。虽然不是海风，但起码这是我第一次觉得空气没有像千万只小虫子似的叮在我的皮肤上。黎明前的灰暗开始散去，清晨的一缕微光从东边照射过来，是从加利福尼亚照射过来的吧。

我喜欢六月的拉古纳。那个时候会有海洋层，空气里满是湿润的水汽，整个上午都弥漫着灰白色凉爽的薄雾。蒙塔娜就不喜欢，她认为到处都是灰色让人觉得压抑。噢，可是空气很凉爽啊，像是站在水里，可是又不会被弄湿。我有个习惯，早上会很早起床坐在屋后的走廊里吸那雾气，直到它们散去。要是走运的话，一整天都会有雾，那么我就可以一整天都飘浮在灰色的云雾里了。

我最喜欢的就是能够眼瞅着雾从海面上升起的那些日子。我们在小山顶上，这样就能看着一层层厚厚的白色水雾汇聚成云毯笼罩在城市的上空。我觉得雾层结实得甚至可以在上面走。

凯文也在，可能向山下滑雪的速度太快了，他的卷发拍打着头盔，目光如电——即使天气多云，即使戴着墨镜。

"早上好，小姐。"

我跳起来，惊叫了一声。我的翻译必须停止这种偷袭行为。

"你怎么也起来了？"

"我昨晚一晚没睡。我有一个最大的惊喜给你。"

"让我猜猜啊……阿雯想成为我最好的朋友，要把她的肥青蛙送给我？"

阿明哥哥哈哈大笑起来。就算一晚没睡，阿明哥哥也是精神抖擞的，雪白闪亮的牙齿，闪闪发光的眼睛，即使戴着眼镜光彩也丝毫没有减少。心情太好了真的好吗？

"你说的这个，用英语该怎么说来着，a tall inquisition？我昨天晚上熬了一个晚上，完成了一个简单得多的任务。"

他应该说"a tall order"，难以完成的任务。不过我不会纠正他。他很好，不需要纠正。

他打开几页纸，上面密密麻麻写满了小字。我发誓他的背挺得比任何时候都直。我敢肯定他每一次在班上做演示的时候都特别出色。当然，他有手电筒呀，这可以让他成为世界上课程准备最充分的中学生。

"穿上相配的衣服，你看起来更像越南人了。"

"真的？"

"我从不撒谎，小姐。"

他的态度如此恳切，我只能说"我知道"。我想尽量让自己变成和他一样温厚和善的人。

"听着，这是三爷爷告诉我的：'照说，她奶奶的悲伤程度远远超过大多数在战争中失去亲人的家庭，即使是铁石心肠的人也会被她的一往情深所感动。可是，我真的很惭愧，同时也很震惊地来告诉她，那个了解她爷爷独自一人生活情况的人拒绝任何邀请来见这个热切地等待着他的情况说明的人。'"

"那个侦探的话翻译过来居然更加啰唆了。怎么会这样？"我问。

"小姐，让我接着说，事情开始好转。他说：'大家都知道，是我，我最先发现他的。战后我们亲爱的祖国满目疮痍，战后许多年，我们的国家和人民都在艰难地进行重建。我找遍了大街小巷才找到他。的确是我，我走遍了每个角落，走访了认识她爷爷的每一个朋友、邻居，还有政府官员。他是个感情充沛的人，很爱笑，有很多朋友。我用了好几年的时间才完成了这个任务。'"

"到底啥时候开始好转啊？"

"下面这些是关于你奶奶的信息。听着。'我根据一条她奶奶已经知道的线索,找到了另外三个和她爷爷同一天被捕,后来又被释放了的人。他们都被关在古芝,那是对方占领区里一个声名狼藉的地下区域。战时北方军在那个地区挖地道,像鼹鼠一样打仗。一点一点的我了解那个地方就像我了解我的掌纹一样。有一天,为了解暑和躲躲灰尘,我到一家小店里去买甘蔗汁喝。打仗时残暴地投下的化学武器让这个地方的植物很难再长起来。我碰巧遇到了小店的老板,他就是当年抓逮她爷爷的那个人。'"

"停!停!我完全不知道你在说什么。我头疼!"

"小姐,我的翻译还有好几页呢。"

"我脑袋都要炸了,你希望那样吗?"

阿明哥哥泄气了,他的确整整一个晚上没睡。好吧,我会态度好点儿的,我刚刚还发誓要做一个温厚和善的人呢。"你来回答我的问题怎么样?不用念翻译稿了,就回答问题,好吗?"

真有礼貌,阿明哥哥点头同意了。他还是有点儿失望,但是没办法,我还想保住我的脑袋呢。

"守卫在哪儿?"

"在河内。"

"他居然就在坐趟车就能到的地方?"我几乎要咆哮了,"难道他不知道我奶奶来这儿就是为了见他一面吗?"

"那事关他的人品。他固执已见,说如果他来见奶奶的话,别人就会错把他的善意理解成贪婪了。"

"贪婪，怎么会呢？"

"他不想让别人觉得他在用这个事情谋取钱财。"

"我们为什么要容忍他这样？他当真知道什么吗？"现在我真的是在咆哮了。

"你爷爷被关押的时候，这个人负责看守。这可比侦探查到的东西要有价值。"阿明哥哥解释道，他很有耐心。

"所以，大家都觉得爷爷已经去世了，对吗？"

"为了奶奶，我不想这样说，可是确实没有什么活着的可能了。"

"如果爷爷已经不在了，为什么我们还不回家？"

"你奶奶还在渴望最终的结局，我觉得是这样。"阿明哥哥的声音听起来有点儿难过。

"难道爷爷已经不在了还不算是最终的结局吗？"

"我没资格说什么。不过人不在了是一回事，接受是另一回事。"他听起来更难过了，"死亡和接受死亡，在时间上和思想上往往是不同步的。"

我觉得爸爸说过类似的话，奶奶自己也是这么说的。也许是我太着急回家，所以没有好好听她说话。

"要接受一件事情，确切地说需要多长时间呢？"

"这是个没法回答的问题。"

我很讨厌这样，我明明问了一个再清楚不过的问题，得到的答案却是让我自己去思考。得了吧，我需要一个答案。很明显，阿明哥哥是不会给我答案的。于是，我换了个容易点儿的问题："为什么我和奶奶不可以去找他？"

"你爸爸希望他到这里来找你们，这样奶奶可以休息。另外，奶奶说这事关尊重。"

我的五脏六腑都在往下沉，一阵反胃的感觉涌上来。我要永远被困在这里了。等回到家的时候我都和奶奶一样老了。双方都不会让步，就为了那个只有他们才能理解的原因。我的脸色肯定非常不好，因为阿明哥哥吓坏了。

"别担心，小姐，要是有人能找到那个守卫，然后把他带到这儿来的话，那一定是那位侦探。"

"真的？"

"他会想尽一切办法做到的。"

我皱起了眉头。这有点像那个侦探的腔调了。"最后一个问题：为什么一个字就能解决的问题他非要唠唠叨叨说二十个字？"

"因为他一直想成为诗人。"

这个世界突然变得如此无聊。我必须回去睡觉，虽然那只天底下最会打鸣的公鸡刚刚醒过来。

第十二章

刺绣主题的特别聚会

两天过去了，侦探依然没走，依然在和奶奶窃窃私语。有什么好说的呢？我真想过去吼一声"去干你的活儿去"，可我不能。我的悲剧之处就在于：内心无比反叛，可现实中却无比乖巧。我应该自己打脸给妈妈打电话抱怨。可是跟妈妈聊天就意味着会把他的事抖出来，所以我还是闭嘴默默独自忍受的好。

我希望侦探起码能告诉奶奶，现在或许是时候接受这样的现实：已经打听不到更多的消息了；那个守卫在很久很久以前偶然见过爷爷，但是不见得他就真能回忆起什么重要的东西。我不敢让阿明哥哥把一切都翻译给奶奶听，因为当我把我的想法发短信告诉妈妈以后，妈妈恨不得大发雷霆。

"让奶奶用自己的方式去接受这个事情，不要干涉。要体贴周到。"

我想对她说："在这里的人是我，不是你，谁更体贴呢？"可我还是忍住了，因为妈妈这几天脾气很暴躁，可能是因为没怎么睡吧。昨天，当我照例又说"我想回家"的时候，她反击了："这次回越南不是为了你。"最近她也没有再说要给我打电话了，似乎只发发短信真的就可以了吧。亏我还觉得我是她最关心的人呢。她也没有再说过什么关于他的事情。这就是亲妈啊，一时热情得很，一时又漠不关心了。她的案子肯定让她耗尽了心思。

这一时期，我除了吃就是睡，这听起来好像超爽，可如果除了吃吃睡睡就无所事事那就另当别论了。我现在在观察昆虫方面完全就是个专家，我可以区分哪些是飞虫，哪些是爬虫，哪些是吊虫，然后根据它们的形状、大小和颜色来分类。真是太精彩了。为了在这里有更多的乐趣，我对亚热带潮湿的酷热和没完没了的嘈杂有了亲密的了解。

你可能觉得位于越南北部的一个小村庄必定是静谧祥和的，应该到处都是香蕉园和竹林。可是这里的一切都有一张大嘴巴。狗在打架，蟋蟀在轰鸣，青蛙在疯喊，鸡在不停地咯咯哒，鸟在惊叫，还有老鼠上蹿下跳。除此之外还有人，很多很多的人，增加了更多不和谐的噪音。警报："噪音"是SAT词汇。要想忘掉这些词汇得努力，对，努力。

我吃得太好了，我都能感觉到我的脑细胞已经变肥变懒了。在走廊上和奶奶还有侦探一起吃早餐的时候，我的脑袋里其实什么都没想。奶奶还在说相同的事情，侦探还在用听不懂的话回答。他们不觉得烦吗？我是烦了。

我们又在喝粥。盛粥的罐子就放在走廊上，罐子装在一个篮子里，紧紧裹着一件合体的毛衣以免得粥凉。有人真是费了很大的心血。侦探往碗里加了好多葱，熏得我眼泪都出来了。然后他噘着嘴唇嗞嗞嗞地喝起来，然后嚼得嘎嘎作响。他一边吃一边磨磨蹭蹭地在那本破旧的笔记本上写点儿什么。要是他能出去好好做他的事情，我就用不着知道他的这些私人习惯了。

"心平气和地告诉他，他应该来见我。"

"那除非……"

苍天啊，求求你了，别让他们再说这些了。

这时阿明哥哥和阿心阿姨提着两个很沉的篮子走了进来。阿心阿姨就是阿雯的妈妈，我叫她姨妈，但我认为她其实不是我的姨妈。又是吃的！即便是骨瘦如柴的侦探也受不了这样吃了，于是他合上了笔记本，向奶奶鞠躬告别。他要走了，真的要走了。让他离开这儿真是费劲啊！去做事吧，去做你的事吧，我开心地自言自语。侦探一走，一半的噪音随之消失。

两位客人坐下来盯着我看。这种事情经常发生，可能的亲戚们会过来看我吃东西。他们是来确认一下我有没有吐掉他们的食物吗？他们是想来看看我的牙套上粘上了什么东西吗？在客人的注视下，在奶奶的监督下，我一口一口吃着嚼着。

　　喝完了汤，我都不敢抬头看他们，生怕他们会打开篮子。不过他们似乎心事重重的。太好了！

　　"小姐，阿心阿姨让我替她邀请你参加每月一次的特别聚会。或许你已经了解到，我们的村子以精美的刺绣而远近闻名，这种刺绣技巧是只由母亲传给女儿的，从不对外人公开。阿心阿姨今天会传授一种基础但很重要的针法，想邀请你也去参加。"

　　我的第一反应当然是拒绝，我不要。我面无表情，耍了一个我的小伎俩，想象着我在盯着一个灰色的空盒子。我讨厌用手指头捏着一根滑溜溜的针，捏得快要抽筋，手指还会被刺出血来的。

　　不过要是能让我摆脱吃饭和睡觉这种无聊透顶的循环，流点儿血又算什么呢？而且我记得阿雯说过她家有网络。我得给妈妈写一封长邮件告诉她侦探的事情，要把守卫带到这里来实在是太难了。妈妈应该管一管这事儿。

　　好吧，我承认，其实根本不关妈妈的事。我就是想去看看脸书。和蒙塔娜的聊天太打击人了，如果只是看脸书的话，我就不用假装对她说的话无动于衷、兴致盎然了。

　　我跳了起来，说我在刺绣方面也得到过高人传授。妈妈确保我知道如何缝、绣、补帐篷，去野外采蘑菇，还教我辨认可以吃的野菜，从稀泥里滤出可以饮用的水，用废旧轮胎做鞋底，等等。我也不知道我在拉古纳长大为什么要学这些东西，不过我很少说得过检察官妈妈。妈妈说生活的关键就在于随时为最糟糕的情况做好万全的准备，当然，同时要保持衣着光鲜、容光焕发。

我给也不知道是不是姨妈的这位阿姨鞠了一躬。我答应的这么痛快，我把自己都吓到了。

奶奶因为眼睛不好就不去刺绣了。她可能更愿意自己待在家里为爷爷诵经。这些天她整个下午都用来诵经，以至于必须小声说以保护嗓子。想起以前，其他小孩都在学"一闪一闪亮晶晶"的时候，她就教我念"南无阿弥陀佛，南无观世音菩萨"。其实这是一句古老的梵语佛经，却是我的摇篮曲（知道我原来有多俗了吧），念的时候自然无需双手合十，轻声地诵读这些文字总是会让我很快进入梦乡。

第十三章
一堂流行文化课

　　至少有二十个女孩子在阿雯家的二层小楼里，也是一样的那种长方形设计。这个国家难道只有一个建筑设计师吗？所有的女孩都穿着宽松得可以当睡衣的长裤和配套上衣。刺绣多么复杂啊！花那么多功夫完成的刺绣，女孩子们应该展示出来才对嘛，不管是在睡衣上还是在别的地方。

　　我走进去的时候，女孩子们都用手挡着嘴巴咯咯咯地傻笑。我又被参观了，只不过这次不是在吃饭的时候，我希望我能记住不要挖鼻孔，还有更糟的，千万别去掏牙齿上的菜屑还用鼻子去闻。那是我的私人习惯，如果我有私人空间的话是不会被人发现的。但在这个群居的国度，想要拥有私人空间，哪怕只是一小会儿，都等于说你想去坐牢。

一张圆桌上放着一大块白色的绸缎，上面用铅笔画着一个柳树环绕的池塘，戴着尖顶帽子的女孩们在池塘里划着小船。背景是一些方形的小棚屋。这画的是哪里呢？我在越南很少看见小棚屋。这是游客们带回家的那种风景。

这张桌子前坐着五个女孩。其他的人分散坐在后面的圆桌旁，每个人的手里都拿着一块小一点儿的白布，不过不是绸缎。我在这个房间没有发现电脑，要怎样才能在屋里找一圈呢？

阿心阿姨站起来说道："今天我们要练习的是履带针法，这是一种长针脚针法，必须做得分毫不差，这样绣布前后两面才能完全一样。针和针之间的间隙要小到三分之一颗米粒的大小以盖住针脚。前后针必须紧紧相连，就像是脚尖贴脚后跟，这样才能绣出一条不间断实线的感觉。"

啊？最前排桌子的女孩们显然都是专业选手，每个人都开始绣柳树枝，看不见针脚。我也开始绣，一条很细的棕色的线穿在一根很细很细的针里头。不过就是绣条直线嘛，没什么大不了。我一针下去，抽出来，再一针下去，再抽出来。妈妈要是知道了肯定会兴奋不已，她教我的技艺居然还很流行。至于这技艺实不实用嘛，我就不好说了。

突然，我的右手被打了一下。

"你这个不行。"阿心阿姨啧啧地说，"拆掉，重来。"

阿明哥哥，作为这里唯一的男孩，一点儿都没有觉得不自在，他小声地给我翻译，好像不会说越南话的人就听不懂那充满嫌弃的啧啧声似的。好好好，我拆了那几针。我很想知道有没有想绣花的不好学的农村男孩，又或者有没有愿意去养虾的热爱大海的农村女孩呢？

阿雯应该就是那种女孩。她坐在我的右边，中间隔了好几张桌子，她的手也被打了。她的线打了结穿不过去了，至少我还没有那么糟糕。她妈妈不得不剪掉打结的线头，重新把线穿起来，再把针递给她。阿雯看起来非常痛苦，我几乎都要替她感到难过了。仅此一次，我没有看见那只青蛙，也没看见篮子。

又一巴掌。喔——喔喔喔。谁知道长相如此甜美的妇人会这么凶悍？在拉古纳，阿心阿姨这一套可行不通。那儿的父母们都会默数 20 秒，以消除哪怕是想对孩子稍微提高音量说话的念头。诚然，有些小孩是该被大声斥责的，就是那种特别讨厌或特别苛求的小孩。但我并不是那种小孩，对吧？

我不得不又一次拆掉我缝上去的线。房间里面又响起几次巴掌声。只有我和阿雯不耐烦地皱起了眉头，其他人都全神贯注就像是在拼一个 5000 片的大拼图。我勉强展开眉头，我得记住我需要得到阿心阿姨的允许才可以用她家的电脑，电脑有可能就在楼上。

"你们那儿的女孩子也要学刺绣吗？"我听见有人提问，还有人翻译，可我全神贯注地想要把每个针脚刺好，以至于没有意识到有人是在跟我说话。阿明哥哥不得不轻轻摇了下我的肩膀。

所有的人都盯着我看。大家都停了下来，于是我也停下来。能放松一下眼睛，伸展一下手指感觉真是棒极了。我要是说实话，简简单单说一个"不"，那么我就得立刻重新投入刺绣大业里去。于是……

"她们做的绣花，嗯，不如给自己的东西上面添点儿什么那么热衷，我觉得可能是因为对于每个女孩来说，穿着自己的设计以便她们的性格能够得以展现是一件很重要的事情。"

阿明哥哥翻译以后，大家的表情都很茫然。不妨让阿明哥哥有点事情做，于是我接着说："在那边，除非你与众不同，否则不会出类拔萃的。也就是说你得对自己的创造力有信心，要穿你认为独特的衣服。对，就是这样的，独一无二是很重要的，因为大家的目标都是要成为独立的个体，要追求你自己的愿景。"

阿明哥哥示意我暂停，他好把我所有的句子翻出来。在我说话和阿明哥哥翻译的时候没有人再去动针，这太酷了。侃大山对我来说不成问题。我强忍着听侦探的啰嗦可不是白忍的。

阿雯的姐姐阿兰说话了。这是我第一次听她说话。她的声音和她的容貌一样又清新又美丽。阿明哥哥在为她翻译的时候，站得更挺拔了。她问道："如果每个人都很特别的话，那么又怎么可能出类拔萃呢？"

"我想那就必须超级独特，就是超越所有的独特。比如如果每个人都想通过给鞋带染色来表现个性的话，粉红色代表浪漫，淡蓝色代表纯洁，紫红色代表独立，玫红色代表非主流，那么可能你就得把鞋子染上颜色或者是在鞋子上粘上扣子或珠子来显得与众不同。"

这时阿雯插话了，她的话翻译过来就是："谁规定说粉红色代表让人恶心的感觉，而紫红色代表自由的？如果每个人都默认这些颜色代表的意义的话，那还有什么独特可言？"她一边说一边捋她的板寸，就好像那是一种时尚宣言。噢，她可真讨厌。

我冲她龇着牙套说："如果你是第一个吃螃蟹的人，你就是独一无二的。"

阿明哥哥刚把我的反击翻译出来，阿雯就又开口了："你怎么知道你是不是第一个呢？你是学校里的第一个？还是全世界的第一个？如果所有的人都想要与众不同的话，就不会有真的与众不同了。雄性青蛙为了吸引雌性青蛙会发出奇怪的叫声，这种行为本身是非常正常的，因为每一只雄蛙都会这样做，只不过那种叫法是它独有的罢了。不过你无法肯定其他地方没有别的青蛙也发出相同的叫声。"

我敢打赌，她肯定是那种上课一举手回答问题，全班都会抱怨的人。

我可不会让步："我的朋友蒙塔娜在六年级的第一天穿无痕裤到学校去，每个人都觉得她很潮而且大家都开始模仿她。不仅是我们年级，而且我们整个学校，接下来到处都在模仿她。我没开玩笑，在美国，现在人人都穿无痕裤。"

其实呢，说人人都穿一点都不靠谱，我自己就不穿，但这儿的人谁会知道呢？美国的事我爱怎么说就怎么说，他们都得相信我。我已经自封为美国专家啦。

"这就叫与众不同？"

哎，我到里屋去把无痕裤穿到七分裤里面，出来以后我把裤子裹得紧紧的，然后指着我的屁股对她们说："Không thấy.（看不见了。）"她们都围了过来。

"什么东西看不见了？"阿雯问。

"Cái lằn!（内裤边！）"我几乎吼了起来。我把她转过来，把她那条难看的男式短裤拉紧，指了指她屁股上勒出来的女式内裤印儿说："看得见。"然后指着我自己的屁股说："看不见。"

"为什么要看不见印儿？"阿雯又问。

我说："Không sạch.（不整洁。）"我的意思其实是没有印儿看起来更利索，可我的越南语水平就到这儿了。

阿心阿姨明白了我的意思："Đúng, sạch hơn?（更整洁？）""对，是要整洁一些。"我回答。她又说："Con hiểu tiếng Việt phải không?"意思是，"你听得懂越南话，对吗？"

我刚刚泄露了我的秘密了吗？才不要呢。要显露我的听力技能还得等一等，想象着在某个具有戏剧化的场景，那种可以让阿雯感觉尴尬和超级痛苦的，比如告诉每一个人她的那只青蛙其实是一只癞蛤蟆，或者是，嗯，除此之外还有什么能让这个成天拤板寸傻笑的女孩子感到难受呢？

我有点儿惊慌，撒了谎。"Không.（听不懂。）"这也不算真的谎话，因为我的越南语口语水平跟人猿泰山似的，根本就不能算会说。

阿心阿姨看起来很疑惑，她在尽力搞清楚我是怎么懂得会说我听不懂的。不管怎么说她微笑着拍了拍我的头。我说过吧,最好的主人。

我做到啦,我赢得了阿雯妈妈的欢心,她爱我。我指了指她乱穿衣服、邋里邋遢、只爱青蛙的女儿说:"Làm?(要做吗?)"我的意思是要不要给阿雯做条无痕裤。

她妈妈点点头跑开了。我可以感觉到阿雯盯着我的眼神都要把我的头盖骨给刺穿了,可我还是直视着她微笑,是那种大大的僵硬的微笑。阿心阿姨拿内裤回来了,可不是一条,而是一堆。每个女孩子都开始裁剪内裤。这个下午对我来说应该很好过,对有的人嘛,就没那么好过了,你知道我说的是谁。

家里根本就没有电脑。整个下午我的手指头都打结了,眼睛都要看瞎了——居然一无所获。

我们打算一起出去吃炒粉来庆祝我们的新发明。因为这事是我挑起的,所以我得跟她们一起去。

因为阿雯和我落在后面,所以只有我们两个人看见了她姐姐最好的朋友,阿玉姐姐。她也不知道是从什么地方冒出来的,还穿着……穿着一条淡粉色的蓬蓬裙!我在称呼阿兰和阿玉的时候必须在前面加上"姐姐",你懂的,为了表示尊敬。就在刚才,阿玉姐姐还穿着和大家一样的宽松的丝绸长裤。她怎么换衣服换得这么快?她没有看见我们。我和阿雯谁都没说话,我们跑到土路对面枝叶茂盛、落满尘土的灌木丛后面躲了起来。

阿玉姐姐不停地往后面看,好像是在等谁。她肯定不是在等她最好的朋友，因为阿兰姐姐已经和大家一起走到前面去了。我听见了脚步声，是阿明哥哥沿着土路跑了过来，扬起了红色的尘土。我差点儿打了个喷嚏，幸好及时忍住了。他跑什么？他出来之后去了哪儿？他的样子看起来很惊慌啊。

阿玉停了下来。她是在假笑吗？我知道那是假笑，跟蒙塔娜的假笑一样可怕。

"阿兰呢？"阿明哥哥问，"我必须告诉她我现在得走了。"阿明哥哥汗流浃背，大口吸着灰尘。

他要去哪儿？我正准备跳出来的时候，阿玉姐姐撩了一下她的头发。她用娃娃音跟他说话，说话的时候一直歪着脑袋，还用食指摆弄着一缕头发。

阿明哥哥跑开了。

我看向阿雯。我们眨了眨眼睛，毫无疑问我们都在努力忘记刚才看见的景象。可是我俩的脸都拧成了一团，然后我们看着对方，认真地看着对方，然后爆笑出来，我俩的牙套在阳光下闪闪发光。

第十四章
需要一个去河内的理由

　　几乎人人都知道阿明哥哥应召去了河内的美国大使馆。阿明的父母当初为了贴补他奖学金的不足而卖了房子，搬来和他姨妈还有外公外婆一起住。他父母和他姨妈的表姐聊起了他，那个表姐又把他的事情告诉了阿汉叔叔，而这个阿汉叔叔是村里有名的"大喇叭"。

　　现在只要是吃饭时间，反正是吃东西的时间吧，村民们就会来向奶奶打听，作为一个在美国出生的人，我有没有什么神奇的魔法可以给他们家在上学的宝贝们解决签证问题。我倒想哦。要是我真在大使馆有关系的话，才不管我爸妈同意不同意呢，我早就已经回家了。

　　不知怎的，我和阿雯站在了一条战线上。我们没说话，甚至都没有握一下手，就已经决定了要打压一下阿玉的气焰。对了，我再也不用称呼阿玉为姐姐了。阿雯直接把她降低为阿玉了。听起来没什么大不了，但是却相当于说"喂，阿玉"。

　　我甚至都不确定我到底为什么不喜欢阿玉。我可以正义凛然地说我是在与欺骗这种行为做斗争。好吧，我承认，在阿玉这件事上，我是抱着看热闹不嫌事儿大的心态，因为反正我也没别的事可做。

　　这里的小时有天那么长，而这些漫长的时光都消耗在例行事物里面，还没等我明白过来怎么回事，我就已经开始和阿雯一起玩了。我不能说阿雯很有趣，不过她绝对和别人不一样。我太渴望玩伴了，我都愿意和阿雯的青蛙一起玩。这是随着阿雯而来的另一个福利。

　　另外，把心思放在村里的孩子们的关系上，也让我免于为被困在这里而烦心。如果在这里日行一善的话，好的因果报应会一直应验到拉古纳。我知道这听起来比较离谱，可你来试试看，要是你被流放到一个到处是沼泽、天气像桑拿房的地方，你也会向一些迷信屈服的。我是不是又用了一个SAT高级词汇？屈服。这个词真棒。我已经没有精力来监督自己了，脑袋里面蹦出来什么单词我就用什么单词吧。我要坚持住，坚持到阿明哥哥回来或者是侦探回来，或是我的正常生活回来。

　　我很想知道，为什么侦探劝不动那位过分敏感的守卫。

真的，就算有人觉得奶奶会给他钱买他的消息又怎么样呢？
难道他不愿意收钱吗？我没把这话说出来，因为我自己也挺
敏感的。

爸爸还在等着观察他的病人是否能痊愈。情况好像是有个
妈妈在婴儿手术后过早地给孩子吃了米饭而不是稀粥，结果口
腔上颚愈合的时候把饭粒包在了里面。我妈妈雇了人徒步进山
搜集情况，然后再徒步出来找到有网络信号的地方，把报告发
送给她。这些事情妈妈都能安排，可是要怎么才能让守卫现身，
妈妈也束手无策。

幸好我们有十五个小时的时差，因为我和妈妈总有一个
人在睡觉，所以我们的信息都很简短。我告诉她我在坚持（差
不多吧），我吃得好（过头了），我会帮奶奶做事（奶奶目前
随和安静），我有好多事情要做（谋划一个爱情故事，这不
是一个打发时间的好主意，不过我没有别的选择），还有我
很想她（然后她回了我一大堆笑脸符号）。我发最后一条信
息的时候，总会用当天的 SAT 词汇造个句，那也是我对我
的大脑发出的忘记这个单词的信号。

我的大脑这些天也超级配合。到目前为止，我只恐慌了
三次。

我们知道阿明哥哥在哪儿，猜都猜得出来他穿什么衣服
（蓝色裤子、白色衬衣，这是这里所有上学的男孩子自愿穿
的制服），关于他吃什么我们也有详细的情报（应该是哪个
在河内的亲戚打电话来说的）。

可是没有人知道他什么时候回来。他已经走了四天了。

阿明哥哥没有手机。阿雯代替他做了我的翻译，她决定给他发电子邮件，这下她需要我了。我给我的翻译官发邮件是合理的，可阿雯能有什么理由呢？

这个是合乎礼仪的，那个是不合乎礼仪的，规矩真是没完没了。

结果是，阿雯竟然从一年级就开始学英语了，她喜欢背语法书。关于这点，我拒绝评价。所以她阅读英文非常流畅，而她说的英语我则一个词都听不懂。她的英语老师是土生土长的越南人，一开始学习的是法语，于是她觉得说话的时候带点儿法语腔很优雅。conversation 这个单词，被她读成了con-va-SA-see-ong，碘酒 iodine 变成了 ee-OR-dean。有一次肥青蛙的腿受伤了，阿雯惊慌失措要碘酒的时候就是那样发音的。但那是另外一个故事了。

虽然我听不懂她说的英语，可我还是知道阿雯在说什么，因为她像许多人一样总是用越南话自言自语。这可不是我的错，我听越南话就是很厉害。阿雯一直在嘀咕："他是在河内交上好运的。我也要去那儿。我要的就是去那儿一趟。"

那个到处都是摩托车、喇叭声震天响、人挤人人挨人、满鼻子灰尘的城市到底有什么可好的？

阿雯的字写得很工整，而且拼写一流，所以她写的我都懂，尽管还是听她自言自语最快。

她写道："我们想让阿明哥哥多和姐姐玩。"

我也用英语写了出来，不过阿雯不认识。妈妈经常批评我写字太潦草，我跟妈妈斗嘴说，这就是我们要发展科技的原因嘛。谁成想，我会在世界的另一头用一个铅笔头儿在纸上写字呢？

现在我用口说，阿雯用笔写。不过我必须用蹩脚的越南话来说，因为阿雯说她听不懂我不带法语腔的英语。真叫一个心累，可这就是我的生活。

"Làm gì?（怎么办？）"

漂亮的书法："阿明哥哥和我姐姐必须多待在一起玩。"

"Làm sao?（怎么在一起？）""Đi rôi.（他都走了。）"

"我们发邮件给他，你让他回来啊。"

"Cho gì?（用什么理由呢？）"

阿雯皱着眉头鄙视着我，仿佛我是个废物，什么事都要她来想。我只是甜甜地对她笑。这种感觉真奇怪，我要费这么大劲儿来讨好她，可是如果有一天她和我的翻译消失了的话，这儿的生活简直无法忍受。

"不，最好告诉他你奶奶在这儿需要他，就现在。"

"Cho gì?（理由呢？）"

她又狠狠瞪了我一眼。好好好，我来想，我来想，开动脑筋，我来想。

第十五章
一个计划的开始

因为要策划行动，第二天午饭前我和阿雯到大家第一次款待我和奶奶的那个大房子里碰头。红砖建成，刷着黄漆，一共五层楼，绝对不会找错。给我们开门的那个女人有着我见过的最光滑、最干净的皮肤。妈妈若看到了肯定会嫉妒的，她自己的一半开销都花在了各种护肤品上。这个女人是阿婵阿姨，是阿雯的亲姨妈，肯定也是我的什么亲戚。

"啊，是阿雯啊，来的刚好，正说找你帮我摘水菠菜。还有你，进来坐。"

显然，我们不能来到有网络的人家之后径直跑去用电脑。

首先，阿雯问候了阿婵阿姨的丈夫、儿子、女儿、母亲、父亲、数不清的侄子侄女、她家正在狂叫的狗、池塘里的水草，还有阿土叔叔家的某种正在长熟的水果（我的另一位什么亲戚吧？）。

我们都到后院去看那种水果。在这个村子里，我还没有发现有谁不喜欢水果和蔬菜的。这个后院的风景可以直接印在明信片上——好漂亮啊。几座小木屋环绕在一个大大的池塘周围。每座木屋都有一个像吊脚楼一样延伸到池塘里的走廊。大大的橙色锦鲤在走廊木板下的池水里游来游去。院子周围的柳树起到了栅栏的作用，透过树影，可以隐隐约约看得见邻居家，可又看不真切。

阿雯指着湖对面的那棵果树，蔓延出来的树枝恰好伸到水面上。太棒了。树上结满了红色的果实。"果子已经成熟了吗？"

"我不知道。阿土叔叔像宝贝自己家孩子一样宝贝这些果子，收获的时候要是能得到一个果子我就算走运了。"

"他总是送我无花果，他喜欢我。"阿雯在说这种话的时候只是简单陈述事实。阿土叔叔有可能是觉得她很棒吧。我发觉这儿的人对她的态度既不算太喜爱也不会讨厌，而讨厌我的人大概有一半吧。

阿婵阿姨突然抓住了我的下巴，她的眼睛瞪得很大仔细端详。别说什么喜爱了，她甚至跳过了讨厌这个阶段，直接吓唬我了。

"啧啧啧，你往脸上抹了什么呀？"

啥也没抹！真的！我不喜欢化妆。自从看了蒙塔娜一圈

又一圈地抹唇彩，这种可能绝对正常的化妆行为在我心里就已经被毁了。我想挣脱，可阿婵阿姨一直抓着我的下巴。

"是什么堵住了你的毛孔呢？趁还没有留疤，得把痘痘消灭掉。"

痘痘？疤！！！我这才意识到自从离开了那家宾馆，我就没有再照过镜子。来这儿以后各种震惊应接不暇，我甚至也没有想过要去照照镜子。

我怎么可能长痘痘？我那么小心，每天用毛巾洗两次脸，而且从不用手指头碰我的……噢天哪，我居然长了痘痘！我每天抹防晒霜的时候是觉得脸上有点儿不光滑，可是因为没有镜子，我还以为是长了痱子，或者是被蚊虫叮的疙瘩，要不然就是在这个闷热的环境里生活长了什么别的东西。

"Guong！（镜子！）"阿婵阿姨把我带到一面巨大的镜子面前，镜子的四周全是灯，感觉像是进了电影明星的化妆间。明亮的灯光让痘痘无所遁形。数不清的顶着黄色小脓点的红疙瘩遍布我的额头和脸颊。越南国旗的颜色。我的脸！我从没想过用这种方式和我的故国联系起来啊。

"Không sao, không sao.（没关系，没关系。）"看见我都快哭了，阿婵阿姨小声说道，"我完全知道怎么治这个。"

真奇妙，虽然我假装听不懂，可是大家跟我说话时都当我是听得懂的。我想其实大家就是想听自己说话罢了。

首先，阿婵阿姨让阿雯去厨房拿了一碗米，用热水和陈皮浸泡起来。我发誓阿雯在笑我。管她呢，深呼吸，深呼吸。

阿婵阿姨又去花园里摘了许多叶子，还有一根黄瓜。难道这个方子是一盘沙拉吗？我马上担心起沙拉酱的问题来，因为我吃沙拉一定要用那种香醋酱。要是没有那种酱我就咽不下去，胃里就会……集中精神，集中精神！我把手垫在屁股底下坐着，强迫自己千万别去看那面世上最亮的镜子以抑制住要去挤痘痘的冲动。

阿雯先回来。她拍拍自己的脸，我承认她的脸很光滑、很干净，但是我敢打赌她那晒成古铜色的皮肤下面癌细胞正在茁壮成长。阿雯写给我看："到太阳底下去清洁皮肤。"

"不要！"

阿雯耸耸肩膀。看看她，咋咋呼呼，晒得黝黑，乱穿衣服，邋里邋遢，可她居然很快乐。这怎么可能呢？

阿婵阿姨回来的时候手里拿着一大捧叶子，她让阿雯把叶子洗干净，然后把杵臼拿进来。阿雯又是叹气又是打哈欠，很明显，她一点儿都不为我着急。

与此同时，阿婵阿姨先把我的头发扎起来，啧啧地说我就不该有刘海，然后她把洗米水淘出来让我用水弄湿脸。那水闻起来有股米饭和柑橘的香气，很像奶奶房间里的气味。阿婵阿姨用一张小毛巾轻轻吸干我脸上的水，不知怎的我脸上的皮肤感觉紧致多了，然后她用一把放大镜来看我的脸："你脸上白色的油腻腻的东西是什么？"

我从裤兜里掏出妈妈给我的那管防晒霜。从我记事开始，妈妈给我买衣服的时候一定会买有大口袋的，以方便装防晒霜。阿婵阿姨用手指挤出一些，捻开，然后又发出啧啧的声音："这就像是往皮肤上抹胶水嘛，毛孔不能呼吸，这东西在这么潮湿的地方不实用。"

我站在那儿。她还在说着："最好是用衣物来防晒，别再往皮肤上抹化学制品了。"

我不得不用毛巾重新洗脸，这张毛巾真的特别柔软，特别温暖，还散发着一股柚子花的香气。虽说不算做 Spa，不过一点儿都不赖。

阿婵阿姨从她的兜里拿出一样东西，正在这时阿雯出现了。阿婵阿姨点头让她过来，可是她却开始往后退。我不怪她。阿婵阿姨出手如电，把一个东西套在了阿雯的耳朵后面。那是一个花布做的面纱，从眼睛往下一直盖住脖子，最后塞进阿雯破破烂烂的衬衫里。这还不算完，阿婵阿姨又给她来了一顶有着同样衬布的软塌塌的帽子。

"戴着，"阿婵阿姨下了命令，"在南方每个人都蒙面纱，不过我做的这个可以把脖子都遮住，效果好得多，尤其是再戴上帽子。拿去卖的话肯定生意好。"

我和阿雯都不信。不过要是做做美容、戴戴隐者造型的面纱就能用电脑的话，我们还是可以忍的。可等阿雯戴上了面纱和帽子，她立刻被派去划船到池塘里摘一种叶片茂盛的深绿色植物，名叫水菠菜。阿雯丝毫没有反抗。这竟然是一个几乎反抗一切的女孩子的反应？绝不仅仅是因为要用电脑那么简单。阿婵阿姨给她念了什么咒啊？

在屋里，阿婵阿姨把叶片、面粉，还有姜混在一起捣成糊状。我太了解姜了，那是奶奶除了虎标油之外最爱的万能神药。奶奶咬新鲜的一截辛辣的生姜来治晕船、头昏、肚子疼、别的各种疼，还有去掉舌头上的苦味……反正，你懂的。

阿婵阿姨示意我到窗边的摇椅上坐下。我眼睛盯着天花板，然后她径直舀出那个绿色黏糊糊的混合物，轻轻地抹在我的脸上。这个糊糊的味道闻起来像是薄荷混着姜味还有一股腐烂了的有机物的味道，反正就是一种奇特的肥料。我改用嘴巴呼吸。我对肥料了如指掌——妈妈迷恋的东西之一。要是你在我家扔个苹果核的话，你就得从垃圾桶里把苹果核翻出来，去趟后院扔进堆肥箱里。

在我的左手边，我看见电脑在向我招手，绿色的电源灯亮着。为了要写一封讨厌的邮件，在越南一个女孩竟要遭受如此的折磨！我对自己说，淡定。奶奶说每个人在某个时间点都要遭受点痛苦。这次该轮到我了。奶奶说，当你低落的时候，想想美好的未来。那这就想想如何，如果阿明哥哥再出现的话，我保证给他当媒人。然后老天爷看我做了好事就会奖励我，把守卫带去见奶奶。等奶奶接受爷爷已经不在了的事实，我们肯定就可以回家啦。

我越是去想奶奶要用多久才能接受现实就越是害怕。要多久才能接受呢？都过了几十年了，奶奶还是没有接受。我不能再想了，不然我敷着草药面膜都会出汗，谁知道阿婵阿姨会有什么反应呢。

我能隐约看见阿雯躬身坐在小船上，她一直在采水菠菜，不时地停下来把松垮垮的帽子往后拉。我真吃惊她居然没把帽子扯下来扔进池塘里。

面膜干了以后，我们用更多的淘米水把它清洗掉。哇，黄色的小脓点都被吸出来了，只剩下粉红色的小疙瘩。阿婵阿姨咧着嘴笑着，仿佛在说，瞧我多棒。她在我脸上铺满了薄薄的黄瓜片。阿雯在船上弓着身子，几乎要掉进水里，她在和水里的什么东西说话。换成别人的话，这个行为太古怪了，可是对于阿雯来说……就没那么怪了。

"别再用那个白色的油了。"阿婵阿姨说，"这家公司来免费派送过他们的防晒霜，大家用过一次以后就把它扔到垃圾堆去了。皮肤不喜欢化学制品，那会让你的毛孔变粗，就像柚子的皮一样。面纱能让你的毛孔呼吸。我做一个面纱送给你当礼物吧。你要什么颜色？"

我还从没有如此在意过我的毛孔。或许我也应该带个面纱躲起来，然后事情就解决了。至于面纱的颜色嘛，根本就不用我回答，阿婵阿姨自有答案。

"红色？对，我有漂亮的红布。"

阿雯走进来的时候，阿婵阿姨正在帮我把黄瓜片取下来。小疙瘩都消了，只剩下一点粉红色的痕迹。太神奇了。阿婵阿姨又往我脸上涂了一种什么水。"别碰。"她警告我。

阿雯弯下腰凑近了看，说："你不会留疤的。"

这是她对我说过的最中听的话。

之后，阿婵阿姨准备了一些磨好的树叶让我带回家敷（太棒了），然后我们吃了很多据说可以清肝靓肤的蒜蓉炒水菠菜，接着为了让身体适应外界温度，我们在炎热的下午灌了杯滚烫的莲心茶，然后用不知道什么功效的茉莉花水泡了脚，再下一步是听阿婵阿姨说她年轻的时候有多漂亮（很明显，在这里自我表扬是可以的，因为我已经听到好多个有可能是我亲戚的阿姨们吹嘘她们年轻时的美貌了），做完这一切，终于，阿婵阿姨把我和阿雯带到了亲爱的电脑面前。啊，要是我能成功地回到家里我自己的电脑身边的话，我一定每天早晚各亲它一口。

我一边给手机充电，一边打开电脑查看电子邮件，先查看妈妈发来的邮件名为"紧急""担心得要命"之类的邮件。妈妈就是喜欢危言耸听。我们一直发信息，她为法庭的案件操碎了心，居然还有时间写邮件。我回复她："请别担心我，我过得真的挺好的。您说的对，乡村生活很精彩。我学习到了很多东西。这里的网络很不稳定，任何时候都可能掉线。我爱你就像从地球到月球来回穿梭十万次那么多，梅梅。"

我本来有好多好多话要说，可妈妈会乐呵呵地看完而不理会我的要求。我没有说我想回家。妈妈知道我想回去，所以我得懂事，根本不提这个事。另外，我目前其实不是很想回家。我在每个信息里使用 SAT 词汇的策略，还有我孩子气的语句总是可以融化妈妈的心。我们应该可以有一段时间相安无事，甚至可以不再发短信。

蒙塔娜发来的邮件我看也不看就删掉了，还是眼不见为净。可我立刻就后悔了，又从垃圾箱里恢复了一封。邮件里问："我应该把头发剪短一半还是只剪短一点点呢？"如果我在拉古纳，我就会顺着她，一本正经地回答这个问题，可我在世界的另一头，所以还是删了吧。自从上次那通电话之后，我们就没有再联系过。奇怪的是，我一点儿都不想她。

按照我和阿雯计划好的，我写了一封邮件给阿明哥哥，不一会儿他就回复我了，所以我们可以即时通信。他已经听得懂一些俚语了。

阿明哥哥：

我奶奶急需你的帮助。她正处于痛苦之中，我不知道应该怎么办。你是我们唯一可以依赖的人。

盼，速回。

阿梅／米娅

我从妈妈那里学会了危言耸听，她是我最好的学习榜样。阿雯让我的危言耸听变本加厉。她用越南语在后面补充道：

我想请你在晚上去一趟还剑湖，看看湖面有没有闪光的青蛙，我非常需要你的帮助。

她是怎么在邮件里打出这些奇妙的小标记来的？我敢打赌，这正是阿明哥哥希望往我已经饱和的脑袋里塞的东西……嗯，也许他还是不要那么快回来了吧。开玩笑的。在等待守卫到来的漫长过程中，我需要找点儿刺激有趣的事情来鼓舞一下自己，一个戏剧性事件或者一个阴谋什么的。

阿雯乐得站都站不稳了。不用问，从她眼睛里闪出的光，我就知道她攒了一肚子坏主意。可怜的阿玉，她根本不知道她的对手是什么级别的。

后来，我没忍住还是点开了脸书。真是个巨大失误！屏幕上出现的是蒙塔娜和凯文在跳舞。

我关了屏幕，可是太迟了。我身边围满了我的什么亲戚，他们是从哪里冒出来的？他们当然不是安安静静的什么亲戚，那无异于祈求世界和平一样。相反，我听到了一片喷喷喷的声音。他们七嘴八舌地议论起来，可是因为天气太热，我又很难过，所以听不懂他们在说什么。我就坐在那儿，任凭他们在我身边叨叨。毫无疑问，他们要说上好一会儿，因为第一次看见蒙塔娜的人都有很多话要说。

我看了一眼阿雯，她的嘴角垮了下来。我清清楚楚地知道她在想什么：我们应该去那个热死人的网吧。我从来没想过有一天我会希望用拨号上网的电脑，可我现在就有这个想法。起码在网吧里，我还有记忆中"隐私"这个东西。

第十六章
等待的日子

　　你以为阿明哥哥收到我用黑体加粗字写给他的邮件就会快马加鞭赶回来并祈求我们的谅解？其实一点儿动静都没有。也许他已经回休斯敦的学校去了吧，可现在还是初夏呀。

　　我睡醒了，在等阿雯。天色还早，连大公鸡都还在酣睡。阿雯随时都会来找我，之前三天她天天如此，然后我们一起烹茶。

　　阿明哥哥走了以后，阿心阿姨和阿婵阿姨两姐妹，据我所知也是给我们提供食物的人，每天早餐后都来陪奶奶喝茶。哪怕是一口早晨剩下的温热茶水，她们都会吐出来的。她们总是说茶一定要新泡的，不能喝放了一早上已经变黑变苦的茶水。我倒是觉得那样的茶喝起来挺好。不过我知道我对于茶、中药、大米、蔬菜、水果和一切蛋白质来源都一无所知。比如说，只能吃在市场买的活蹦乱跳的虾。冷冻的虾是供给不识货的外国市场的，而死虾连同虾头虾壳直接制成肥料。好在我们待在这里的这段时间是不会有人让我买菜做饭的。

不过烹茶是可以教会的，连我都不例外。她们决定由我和阿雯来烹制早晨的第一壶茶，别的女孩子来了以后再一起准备上午、下午和晚上的茶。也许全村的人都在等着看我除了吃和睡还能不能做点儿其他的事情，我必须得说，在吃和睡上我表现不俗。我没有像直升飞机螺旋桨似的大嚼，没有像狗吃食一样吧叽嘴，没有发出风洞一样的喝水声，而且我从来都不打呼噜。怎么样，很厉害吧？

在爷爷的弟弟家那座老房子里做任何事情都得策划一番。为了让奶奶能在日出的时候喝到茶，我必须提前一小时起床，阿雯一直靠拽我的大脚指头把睡在蚊帐里的我摇醒。

我看见她的身影了，她正小心翼翼地走过来。阿雯确实是个早起的人。她慢慢靠近我，伸手来抓我的右脚大脚趾。

"哈！"我猛地跳起来，冲她低低地吼了一声，因为奶奶还在睡呢。

阿雯只是看着我。难道她就不能至少稍微跳一下，配合我一下，给我的生活也注入一些乐趣、动力和惊喜吗？不，我猜她不会的。她的身影一副无聊的样子。好吧。我穿着睡衣和袜子从蚊帐里爬出来。我一点儿都不想干活儿，可又不想让大家觉得我有那么懒。我不介意自己有一些犯懒，可绝不能到了让奶奶难堪的地步。

后门廊上方有一个铁皮搭建的棚子，可以遮挡没完没了的雨水，我们就在后门廊那里烹茶。屋里没有上下水，收集雨水的桶就在后门廊，不用往屋里提水。家里有电，不过没有电源插座，所以我一直都在阿雯家给手机充电。

在过去几十年里，爷爷的弟弟一直都用放在水泥门廊中间的那个三足土灶煮饭。虽然未必是同一个灶，但是我觉得在人类发现陶土以来土灶大概就是这个样子的。这个土灶看起来很像一个长了三条腿的大锅，锅底有铁丝网，火就生在那下面。要做饭或烧水的时候，就把锅或者水壶放在灶台上，就能把东西做热。

每次用土灶都必须蹲在地上，对于我不习惯下蹲的大腿来说，这简直就是谋杀。当然，奶奶不用烧水做饭。我觉得奇怪的是，为什么爷爷的弟弟不用凳子呢？马扎也好啊。

"今天自己动手。"阿雯写道。天还没有亮，阿雯就准备好了一个便笺本还有一支笔。虽然阿雯家有室内厨房也有燃气灶，可是干练如她也会给土灶生火。虽然燃气灶并非最安全的发明，不过我喜欢那个动一动旋钮就可以点着火的感觉。

要对付眼前这个又老又破、冰冷漆黑的土灶可就没有那么幸运了。我摇了摇头表示我还没有办法独立给土灶生火。我还是不能说越南话，仅有的那几个词汇没法凑成句子。我是个半吊子。

颐指气使的阿雯皱起眉头，指了指满是煤灰难看得要死的水壶。她还是这么讨厌。

我拿着水壶来到盖着盖子的水桶边，灌了大半壶水——不能装太多，不然水烧开的时候会溢出来；也不能装太少，不然会浪费人力和煤炭。在被阿雯鄙视了很多次之后，我终于勉强掌握了该往水壶里装多少水的标准。

走回土灶边，我把水壶放在一边，蹲下来。噢，我的大腿啊。阿雯把报纸碎片递给我垫在灶膛的最下面，然后我依次加进去稻草、树皮，最后是三块珍贵的煤块。这里的人用煤块都不会超过三块。我擦着一根火柴，然后橙红色的火焰点着了报纸。

"蹲下。"阿雯写道。颐指气使的阿雯总是这个做派。

她递给我一把藤扇。"力道要合适。"她补充说。风太大火苗会被扇灭，风太小又会冒很多烟。我之前就是这样，自然导致了阿雯多次的鄙视。这一次，我肯定是世界上最会打扇的人。火苗蹿起来，很快煤块就被引燃变成了红色，看起来就像是三只红屁股的狒狒。奶奶以前给我讲过为什么狒狒的屁股是红色的来着，可是我忘了。

"小心点儿，别浪费。"阿雯用铅笔敲着便笺本以示强调。

我知道，我想顶她一句。技巧在于在煤块全部变红之前把水烧开，为了不浪费热能；而在水到达沸点之前，往煤块上撒煤灰，为了不浪费热能——因为煤炭发出的余温会把水彻底烧开。

"不要浪费。"阿雯又写了一次，还敲了敲本子。我知道了，知道了，知道了。每天每个人都会把这句话说上至少一百遍。

不要浪费洗蔬菜的水，要拿去浇柚子树。其实现在正值雨季，所有的东西都水润得很，包括我自己，可争辩有什么用呢。不要浪费任何玻璃或者塑料制品，因为这些东西可以回收再利用，等等等等。别浪费任何和食物类似的东西，因为可以用来喂鸡、喂猪、喂水牛还有狗。不要浪费……一截绳子还可以用来绑别的东西，橡皮筋可以捆面条或者扎头发，大米口袋可以装抹布，鱼骨头可以制成肥料，鸡骨头可以给狗吃，羽毛可以做枕头。取之于自然，必须还之于自然。对于喜欢回收利用的妈妈来说，这里简直就是天堂。

我一次又一次地听人这样说："如果每个人索取的都比分给他的多，那么地球如何供养我们？"应该把这句话写在村口警示所有来访的人嘛。

煤块冷却的时候，水刚好烧开，剩下的煤块被节省下来，毫无疑问，下一次可以接着教育我。

阿雯对着我笑了，虽然并非本意，但我竟觉得非常自豪。

太阳出来的时候，我们给奶奶和爷爷的弟弟端上了满满一壶莲心茶。我们一直笑，笑得脸蛋都疼了。我唯一的家务干完了，上床睡觉之前，我还有十五个小时。假如没有阿雯的话，我准会无聊到要靠拔下头发给那些隐身的小玩偶做辫子来打发时光。一开始谁会知道阿雯会这么有用呢？有阿雯陪着我，我就不用再去想那些远在美国的朋友和我们之间复杂的友谊了。

阿雯有许多出类拔粹的打发时间的办法。我一整天都跟着她，她也让我跟着，甚至是在午睡的时间，我们一起看她的那只在阿婵阿姨家的池塘里午睡的宠物青蛙。听起来很无聊，其实也的确很无聊，但总比没事干好啊。我们都不怎么说话或是写纸条。我是觉得挺好。我们每天一起做点儿家务，然后一起无所事事。我们好像没做什么事，可是该做的都做了。

长辈们喝茶的时候（我希望他们能充分理解从温馨的茶杯里冒出的热气是我的睡眠和精力换来的），阿雯和我就去她家。我脱了奶奶的睡衣，换上阿雯的姐姐借给我的一套丝绸衣裤。我给妈妈发了一条彩信，她问我这一身是不是白天穿的。如果她看不出来的话，那又何必计较呢？

很显然，除了脏兮兮的裤子和破破烂烂的T恤，阿雯没别的衣服。不过我不再用衣服作为判断她的标准啦，我已经不是以前的我了。

除了有电源插座和室内厨房，阿雯家里还有一个最可爱的现代发明：室内卫生间。在爷爷的弟弟家，只有一个摇摇欲坠的木棚子，上厕所的时候要蹲在一个洞上面，也不知道那个洞通向哪里。等上完厕所，还要用水冲，一桶水刚好冲干净。我已经习惯用这个厕所了。我自己都为这个崭新的自己感到吃惊。

阿雯家的卫生间不仅有马桶，而且还有一个闪闪发光的水龙头，我可不能动它。只有大人才能拧这个龙头。水龙头装在一个大桶上，桶里的水需要用一个带有竹子手柄的半圆水瓢舀出来。我说过这里所有的东西都要回收利用，真的是所有的东西。我用杯子接了点儿水，不过只接了半杯。我要用这些水刷牙加洗牙刷，刚好够漱一次口及洗牙刷。奶奶只用半杯水刷牙的习惯就是在这里养成的。

阿婵阿姨正好在阿雯家，招呼大家——或许说是逼迫大家更合适——做草药面部护理，之后还敷了用柑橘水煮过的热毛巾，至少最后一个步骤还挺像 Spa 的。阿婵阿姨抓着我的下巴，凑近仔细看了看然后宣布："看不见毛孔，光滑细腻得像桃子皮一样。"我忍不住咯咯大笑起来。我的毛孔从来没有这么细腻过。

我和阿雯早餐吃得好撑啊，足以坚持到晚餐时间，不过他们肯定还是要我们吃午餐的，我们都规规矩矩地吃阿婵阿姨新发明的菜式。太阳还没有升起来，还用不着戴面纱，可是干吗要抵抗呢。现在我也有了一个从脸遮到脖子的面纱和一顶宽檐帽子。布料是鲜红的，像烧着的煤炭似的。阿婵阿姨怎么能把我们打扮得像忍者一样，我还怎么向大家展示她的防晒技能呢？阿雯的样子像是在爆炸中受伤的忍者。我们得用这套奇特的装扮去吸引大家的注意，好让感兴趣的买主光顾阿婵阿姨的生意。恕我直言，没有人感兴趣。

在去市场的路上，我们扯掉了帽子和面纱，终于可以呼吸新鲜的空气啦。

第十七章
翻 译 先 生 生 气 了

越南人喜欢新鲜的食物。除了虾要活蹦乱跳之外，蔬菜必须是早晨摘的，水果必须是自然成熟的，杀鸡宰猪必须在天亮以前，鸡蛋也要趁热从鸡窝里掏出来。所有的东西都成捆装在篮子里，绑在摩托车上赶紧送到市场去。每一天早餐之后，家庭主妇们就会来市场采买午餐和晚餐的食材。过了午休时间，所有挑剩下的东西就会半价处理。

我妈妈肯定会对每天买菜嗤之以鼻。难道会有人闲着没事做吗？在拉古纳，我们每个月采购两次。要是有什么东西用完了，哦，那就用完了呗。这也就是为什么我总会光顾家附近的墨西哥玉米卷店。

除了爷爷的弟弟家，每家都有冰箱。我偷偷看过，冰箱里只有巧克力，为了在湿热天保存它们，偌大的冰箱就用来存放巧克力这一种东西。这个国家的人吃东西都特别讲究适量，他们每天只吃一小块巧克力。这么多好习惯都集中在一个国家的人身上，真是让人烦恼。

阿雯按照阿婵阿姨和阿心阿姨开的清单买东西，我就跟在她的屁股后面。买了什么东西，买了多少，老板们知道该收多少钱，都不算钱。这里的人都彼此信任。

阿玉姐姐溜达着过来。她先发现了我们，所以我们没法躲开。

"阿兰知道阿明还要一个星期才会回来吗？"

我心里一沉，心想原来她和阿明哥哥的联系比我们还紧密啊。于是我看了看阿雯，阿雯面不改色，用鼻子哼了一声，我也跟着哼了一声。我也不知道这是啥意思，反正我感觉挺好。

"知道，"阿雯说谎了，"他每天都给我们发信息，有时候一天发两次。"

我就喜欢阴险的阿雯。

"那你说说他住在哪儿？"阿玉姐姐问道。

我不确定这是她的挑衅，还是真的在问问题。她和阿雯互瞪了一眼。我估计她没有瞪我，我都不够格。突然，她俩面对面地擦身走过去。我连忙跟上阿雯。

我们现在要抓紧时间。我们戴着帽子面纱，放下从市场上买的东西，又扯掉帽子面纱，赶到了另一座两层的长方形小楼。阿雯把我推到了前面。

"这儿是阿明哥哥的家，你可以进去。我和我姐姐没有理由来这里。"阿雯写道。我有一种中了某种不知名的彩票的感觉。

阿雯敲了门，然后躲在我身后。我在只有三十个越南词汇储备的脑袋里，搜肠刮肚地打着腹稿，类似我奶奶生病了，我必须要来这里之类的。我很紧张，紧张得发抖。

一个很慈祥的老奶奶开了门。她肯定认识我，因为她看到我就笑了。我一下子就放松了，几乎都要去拥抱她了，幸好及时打住了，因为越南人不拥抱。于是我鞠躬，然后也对她笑，又鞠躬，又笑，像机器人似的。

"孩子，从近处看你更高了。你也听说了吗？"

我强迫自己不泄露我的超级能力，问道："听说什么？"

老奶奶看见阿雯了，不过她好心地假装没有看见。有脚步声朝门这边走来，阿雯和我手拉着手，像找食吃的小鸟一样张大了嘴巴。

"阿明哥哥！"

我和阿雯手拉着手又蹦又跳，虽然在一个男孩家门口这么兴高采烈肯定会招惹闲话的。

仿佛得到了暗示一般，阿明哥哥皱起了眉头。

"你们怎么到我家里来了？"他照顾我说的是英语，真是太贴心了。

我真的没忍住，抱了他一下。我做到了。阿明哥哥像被开水烫了似的往后跳了一下。我才不不管，才不管呢，反正他回来了。

"你收到我的邮件了吗？你必须要向别人明确表达你的心意。"我说得很快，因为阿雯也在一边说道："你晚上经常去还剑湖吗？湖里是不是有发光青蛙？"

"我有百分之九十九的把握阿兰姐姐也想和你交朋友，可是你必须再往前走一步，你倒是行动啊，现在就去吧！"我说。而阿雯与此同时说道："你是半夜去的吗？那个时间最好，因为那个时候它们最温顺。"

我接着说："我可以陪你去，这样是不是要好一点儿？"

可是阿雯的声音更大："你听见它们的叫声了吗？它们的声音是什么样的？现在你能学一下给我听吗？"

阿明哥哥退回门里，把门给关上了。嘿，这算什么重聚啊？我和阿雯都举起手，不过没有敲门，我们不是那么没耐性的人，于是我们接下来做了理智的事情……我们在门口转悠，等着他出来。

门后有人在激烈地讨论。我觉得充满了希望。毕竟门后面有一位越南老奶奶，正在做越南老奶奶们最擅长的事情——一边微笑一边拍打着就把事情办成了。

我和阿雯听着，等着。我们有的是时间。

阿明哥哥终于出来了，我们俩冒出来的时候他一点儿都不意外。他穿着笔挺的蓝裤子和白色衬衣，他在前面走，我们跟在后面。我们戴着帽子和面纱，一方面是因为太阳已经很大了，另一方面有人会给阿婵阿姨报信。

"发光青蛙是偶尔发光还是一直发光？"阿雯掀起面纱问，快步上前到了阿明哥哥的旁边。

我走到另一边，也掀起了我的面纱，问道："你知道她在哪里吗？"

他朝阿雯皱着眉说道："我有一件最要紧的事情要做，没有兴趣也没有时间去管你那件事。"

哇，我的好脾气翻译这是怎么了？不过阿雯本来就烦人。我一直努力想让她知道这一点，不过她留意过吗？没有，因为我的方式太隐晦了。

"你必须今天就告诉她，她有权利知道。"我用轻松调侃的口气说这话，把我的面纱掀上掀下的，可是他的眉头皱得更紧了。

"至于你，小姐。我需要跟你澄清一个谎言。不过得等一会儿，我现在必须要去办一件急事。"

"什么谎言？"

阿明哥哥没有回答，疾步走到了我们前头，我们一路小跑地跟着他。

我们跟着阿明哥哥到了阿婵阿姨家，有好多女孩子从前屋鱼贯而入聚集到后院去。然后，阿明哥哥不见了。

我挤进女孩堆里面，想要离阿雯近一点儿。阿雯看起来有点儿害怕，想溜到后面去。对于女孩们的这次集会，我有种不祥的预感。不知怎么回事，阿雯的妈妈阿心阿姨突然出现，抓住了阿雯的胳膊。就在同时，也有一只手抓住了我。阿婵阿姨微笑着把我抓到了阿雯那边。难道越南女人抓人的时候都这么大力气吗？ PBS 的节目里怎么从来都没说过？至少我们得摘掉面纱和帽子吧。

阿婵阿姨把我交给她的姐姐，她去厨房拿来一个用布盖着的巨大的碗，然后她站到了一张凳子上。这太郑重其事了。

"大家都听着。"阿婵阿姨高高举起碗说道。是要做味觉测试吗？为什么阿雯看起来那么痛苦呢？她吃东西不挑剔啊，我看过她吃烤猪皮。"两个人一组，把头发弄湿。我希望大家都带了毛巾。"

我开始恐慌了。

"大家要给你同伴的每一根头发都抹上药膏。要是我们能在虱子卵孵化之前消灭它们的话，以后就不会发现那些到处爬的黑色小虫子了。"

虱子？？？卵？？？

除了焦虑的阿雯和目瞪口呆的我，每个人都按照指示行动起来。阿雯的妈妈还是抓着我们，她把脸凑到阿雯的眼前，说："两个月以前你觉得你挺聪明是吧，不过这次不行。记住，要是你再剃光头发，你爸爸就会把你带到虾场去，你的未来就和那些不好好学习的男孩子一样，你想那样吗？"

阿雯差点儿没笑出来。她告诉过我是为了她的青蛙才留在这里的，不过要是有人强迫她去海边玩或和刚孵化出来的小鸡打交道的话，这也没什么啊。

"现在把药水抹上，坐在这儿，和其他女孩一样聊一会儿。会有一点儿刺痛，不过药水的效果绝对值得我们花这么多工夫。"

还会刺痛？？？

我们被抓到人群后面，那里有毛巾，当然是给忘记带的人准备的。我们弯下腰把热水浇到对方头上。出乎我的意料，这感觉还挺好的。阿心阿姨就守在我们身后。

阿婵阿姨在人群中间接管了我俩，说："我来负责你们俩。低下头，像这样，我要看你们的汗毛，尤其是耳朵后面的耳发。"

一闻到碗里的气味，我的眼泪就流了出来。那是一种透明的很刺鼻的药水，里面还泡着某种磨碎的颗粒，那气味闻起来就像随时要烧起来似的，哪怕隔壁房间有明火都能烧起来。

阿雯的头上被抹满了药水，眼眶红红的，然后她的脑袋被包在了一个塑料袋里。轮到我了。我往后退，可是能有什么用呢？

"你们在美国是怎么对付虱子的？在我们这儿，我用米酒泡上捣碎的 quả na 籽。"阿婵阿姨举起一种水果，绿色的果皮上布满了指纹一样的圆圈，里面有很多像豆子一样的黑色的籽。妈妈会很骄傲的，因为什么东西都没有浪费。我想知道阿婵阿姨用剥下来的那层绿皮做什么了。毫无疑问，肯定会有什么药用价值，拜托，永远别让我知道。

"我们每个月都要弄一次。我们村子里已经很多年没有虱子了。每个虱子卵都必须被消灭掉，万一孵出来了，我们就得剃光头，把头发给烧掉。预防工作就这么简单，可阿雯却直接剃掉了头发，因为她情愿和她的宠物青蛙待在池塘里，也不愿意和我们待在这儿。她妈妈的尖叫声邻村都能听得见，要是我没拦着的话，她妈妈就把她的青蛙扔到火堆里烧死了。她希望她的女儿们都漂漂亮亮的。她没能及时给阿兰戴牙套，阿兰稍微有一点点龅牙，阿兰长得漂亮，这不算什么，可她妈妈觉得终究是个问题……于是她及时给阿雯戴上了牙套，结果阿雯直接把自己弄成了准备出家的尼姑的样子，唉。”

她为什么要对一个有可能听不懂她说话的人说这么快呢？一定是为了分散我的注意力，这是一个阴谋，所以我不会……啊！好疼！！！我流眼泪了，好多眼泪。难怪阿雯会剃光头发，我也想把头发给剃了。

“深吸气，吐气，好了。”

刺痛的感觉真的减轻了。她是魔术师吗？我头上感觉稍微有点儿疼，凉凉的。不过要是她想把这种产品卖出去的话，还是得降低最开始的痛感才行。

“去坐下。”阿婵阿姨让我去挨着阿雯。她正噘着嘴坐在一个角落里。我也学她噘着嘴抗议，她没反对。

第十八章
小池塘里的飞来横祸

感觉已经过了好久好久，可才到午睡时间。阿雯一洗完头发就不见了，还有阿明到底去了哪儿？我要自己带着装午餐的篮子走回奶奶那儿了，平常都是阿雯和我两个人带午餐过去陪奶奶一起吃。

今天我和奶奶都不想吃午餐。现在我已经和奶奶一起躺在蚊帐里了。我的肚子却咕噜噜地叫了起来。我今天早上吃了那么多，怎么可能又饿了呢？我的胃口已经被宠坏了，食欲暴涨。

奶奶起床了，我也跟着起来。午餐篮子里有我和阿雯最喜欢吃的糯米糍粑，那是一种把糯米和绿豆还有猪肉包在香蕉叶子里蒸的糯米糕。剥香蕉叶的时候感觉最棒，香蕉叶在糯米上留下翠绿的颜色和春天的香气。我必须给阿雯拿一个去。

奶奶知道我的想法。我高兴极了，拉着奶奶回到床上，虽然奶奶觉得下午不会有蚊子，可我还是把蚊帐边仔细掖好，然后抓起两个糯米糍粑，戴上隐者装备冲了出去。

我跑到阿婵阿姨家后院的池塘边。平常，阿雯的青蛙都在那棵柳树下靠岸的水里睡觉，可是今天阿雯不在。当然，青蛙也不在。

我在池塘边举目四望。天气太热了，波光粼粼的水面上，水汽升腾，瞬间消失于无形。我真想踏进池水里抓住升腾的水汽，似乎那样可以让我感觉不那么孤单。糯米糍粑在向我呼唤——看一看，叶子多新鲜；闻一闻，气味像春天——可我怎么可能撇开阿雯独享美味呢。

等等，那是一艘独木舟吗？有人从船上探出身子，脸几乎挨到水面了。

我尖叫起来："阿雯，阿雯。"然后赶紧朝小船靠岸时的浮板那里跑去。我朝她挥手，贿赂似的拿出糯米糍粑。她是在把船划走吗？真没礼貌！想来我真是昏了头，居然会把她当正常人看待。好吧，我去追她。独木舟和用桨划的小船应该差不多吧？旁边刚好有一条独木舟搁浅在稀泥里，我把它推进水里，把糯米糍粑扔到船上，然后自己也跳上船，丝毫不介意我身上穿着阿兰姐姐的丝绸花裤子。大不了一会儿给她洗干净，现在我得划船。我真的划走了。太棒了。

我的船和阿雯的船几乎挨在一起，我把一个糍粑扔到她的船上。她当然捡了起来。谁会不捡呢？我的船碰到了她的船。她冲我嘘了一声，指了指她船的另一边。我看不见，于是我站起来，跨到她的船上去。她冲我摇头。淡定，我想告诉她，我可是在大风大浪里划过船的人哦。

在水中，她的青蛙趴在睡莲叶子上，周围水草掩映，它比以前更肥硕了，把宽大的叶子都压得沉没入水中。阿雯就是在和它说话吧。难怪她那么听阿婵阿姨的话，因为青蛙就住在阿婵阿姨的家里。阿雯肯定就是在这里发现她的青蛙卵。

在肥肥旁边有一只同样长着黏糊糊棕绿色皮肤的青蛙，不过要瘦得多。真甜蜜啊，肥肥有朋友啦。它们是在用短短的前腿互相拥抱吗？我必须趴在船上才能看得更清楚。阿雯好像喊了句什么，听起来跟"不行，不行"差不多，还没等我明白过来这句话是啥意思，独木舟剧烈地摇晃起来，翻了。

我当然会游泳，我是在海边长大的。但是从来没有戴着隐者的装备游过啊。我意识到我在喝池塘里的水，爸爸说这种水里到处都是细菌、寄生虫和看不见的小虫子……全是我的身体里前所未有的东西！

"救命啊！"我一边踩水一边举起一只手大喊，就像当初上游泳课一样。又喝了一大口！水的味道和有点腐烂的植物一模一样，一股土腥味儿，还有点儿苦。有人扯掉了我的面纱，接着是帽子。我被推出了水面。我爱空气！救生圈在哪儿呢？我看见了一只脏兮兮的肥青蛙，我反应过来哪儿有什么救生圈哦，于是我喊得更大声了。有人使劲儿地抓住了我，是阿雯，她把我拽上了其中的一艘独木舟。我们坐稳之

后，她把船划到了岸边。

　　我刚爬上阿婵阿姨家的后廊，就当着一大群吵吵嚷嚷的人的面吐了起来。大家不是都该在睡午觉吗？如果有什么比喝下肮脏的池塘水更难受的话，那肯定就是呕吐了。阿雯满脸焦虑地帮我拍着背。大家看见阿雯拍我，于是都来拍我的背，直到阿婵阿姨让他们都回家了。阿婵阿姨拉着我的一只胳膊，阿雯拉着另一只，把我架到了卫生间。我对阿雯笑笑，表示我很高兴她救了我，她也冲我点点头表示当然要救。

　　阿婵阿姨重新给了我一套睡衣式的衣服，然后把我单独留在了卫生间。我喜欢亲近自然，喝点儿池塘水没什么大不了的。可我觉得左边小腿有点儿不对劲儿。我把裤腿拉起来一看，小腿上叮着一个灰色的水蛭，它越变越大，开始呈现粉红色。我抓起牙刷，用牙刷柄去刮，可是刮不掉。我拼命地戳它。水蛭仰起头用狰狞的血淋淋的嘴巴向我打招呼。

　　天旋地转，我一头栽倒，脸先着地。

　　"小姐，快醒过来，全村人都在关心你的安危。"

　　我听见了这带着鼻音的说话声。对了，是阿明哥哥，而且他充满了歉意。

　　我的左脸好像被挥舞的球拍狠狠砸了一下似的，脸颊肿得像个网球。我敢肯定我浑身绝对青一块紫一块的。这算不算紧急情况，能不能被送回家呢？我真想马上拍张伤情照片给妈妈发过去。

　　我飞快地坐起身来，因为我想起一件比受伤更严重的事情。不知怎的我正躺在二楼的一张硬床上，很多，真的是很多可能的亲戚都回来了。

我用食指戳我的左边小腿那一带。

"别担心，小姐，你的那只水蛭已经被妥善处理了。"

我才不想知道细节呢。

"阿婵阿姨擦了一点儿盐，你的水蛭立刻就松口了。"

别说了。

"你的水蛭没有吸很久……"

"那不是我的水蛭！"

当然，我的超级翻译如实翻译了我说的话。人群发出了很大的声音。你们走吧，现在就走！

人群朝后退去。哇，我的威力这么强大啊？不对，他们不过是在给阿婵阿姨让路。她在我躺着的那张世界上最硬的床边坐下，手里拿着一碗冒着中药和煮树皮气味的水，就是一杯混合物。天啊，这下糟糕了。

"把这个喝了，可以缓解痉挛。"

我老老实实地等着翻译，然后说："我没有痉挛。"

屋里的人开始七嘴八舌地建议。他们说，到了晚上，我肯定会不舒服，我的肚子肯定受不了那些厉害的土生土长的寄生虫。他们说，越南人的肠胃倒是没问题的，他们吹嘘，但我的肠胃嘛，噢……肚里甜食太多了。我把药给喝了，这样他们就能安静了。

好苦啊！那个浓浓的棕色的药汁灌下去，我感觉喉咙发烧，几乎出不来气，那个味道好像……我该怎么形容才好呢？阿婵阿姨捏着我的鼻子让我把头仰起来，为了要用嘴巴吸气，我被迫吞掉了所有的药汁。我遍体鳞伤，还有可能已经感染上了寄生虫，她怎么还要这样折磨我？她微笑着说那是草药。我称之为虐待儿童。

"不能吃东西，只能喝热水，直到你的胃被清理干净。"阿婵阿姨说道。

等阿明哥哥翻译完以后，我对他说："告诉她我吃完早餐以后就没吃东西了，能让我吃一点儿吗？"

全屋子的人爆发出啧啧的声音。

"小姐，我们大家一致认为你不能吃东西，不然会肚子疼的。"

"我没觉得肚子疼啊。"

又是一阵啧啧声，阿婵阿姨把他们赶了出去。"睡一会儿吧，你需要恢复一下体力。"

我觉得挺好啊，不过我躺在这里也无妨，想想那块糯米糍粑正在池塘底下喊我的名字。

第十九章
一 切 都 在 变 好

　　我醒了，不过不是在那天下午，而是在第二天早上，被饿醒的。那个稀泥一样的药把我整晕了。奶奶总是说良药苦口利于病。为什么阿婵阿姨就不能在药里放点儿糖呢？蜂蜜也可以啊，都是天然的。噢，都是我的这种想法才让我的血那么吸引蚊子。为什么所有对我好的事情都那么痛苦呢？

　　我闻到了中国香肠的气味，有肥肉的香气。美味啊。我从木板——都无法称之为"床"——上一跃而起。它的正式的名字叫đi văng，这是个法国人遗留下来的词汇。顺便说一句，法国人应该为那些讨厌的变音符号负责。前段时间阿明哥哥开始给我讲法语对越南语的影响以及原因，但是我都忘了。

这种床是用乌木制成的，只传给那些在父母年老后赡养他们的孝顺子女。这种床怎么可能是一种奖励呢？这东西除了让人浑身疼以外没别的用处。

在我起来之前，奶奶不知从哪里走了过来，摇着头说："要服从你的胃口，听从胃口的需要。"

就在这个时候，我的胃抽了一下。好痛！好像有一窝蛇在我的肚子里翻跟头，感觉它们好像在一个恶劣的环境中觉醒了，现在无比愤怒。要是我能把手伸进喉咙把肚子里打着弯的蛇一条一条拽出来，我会那样做的。啊！

阿婵阿姨又端着一碗混合物出现了："喝吧，等不到药凉下来你就没那么疼了。"

我还没有反应过来，阿婵阿姨就抬起我的下巴捏住了我的鼻子。为了继续我这种屈辱的生活，我不得不吸气，于是吞了一口药，接着吞了更多。当她放开我的时候，我满脑子都是骂人的话……不过她是对的，我确实感觉好了一些。打结的肠子又回归原位了。连我的脸都没有那么疼了。哇，阿婵阿姨应该把这个药拿来卖钱，不过附加条件是要有一个执行人来捏住你的鼻子，把药灌进你的喉咙里。至于她的除虱药水嘛，也需要有个附带的执行人，在你头皮发烧的时候按住你。

阿雯站在床边，抓着头。我还没注意到，她的头发长长了，样子很别致，像个小精灵。哦不，"别致"这个词太过了。

她对我摆摆手，我也对她摆摆手。

突然，我的肚子绞痛起来，我想上厕所。我从床上跳起来，冲进了厕所。阿婵阿姨就在我身后，她说："尽量拉出来，只有好处没有坏处。"

你以为我紧急去了一趟厕所，一切就太平了，就没人打扰我了吧。

根本不是。

我的那些可能的亲戚们，好多好多人，已经围住我的木板床，把奶奶和阿婵阿姨推到了后面。他们在床边分开，我才躺下来，然后让阿明哥哥重新履行翻译的职责。大家的窃窃私语变得越来越大声，直到全屋子人都在辩论我的……好吧，就是我的那个……腹泻。真是太闹心了，我居然每个字都听懂了。他们的每一种分析都很折磨人，听翻译的时候还得再被折磨一次。

"要是大便黑而稀的话，就说明寄生虫还在肚子里。"我的私人翻译开始工作啦，"他们建议你要一直拉，一直到大便变成浅棕色，黄色最好。软硬最好适中，别太硬也别太软。颜色太黄的话……"

杀了我吧！让我一个人待着吧，求求你们了，我保证尊重父母，再也不抱怨，我会心甘情愿地留在这里，我会只说越南话，我会变得完美无瑕，以至于一回到家父母就会求着我去和蒙塔娜一起在外过夜，这样我就会惹上麻烦，从而变得更像一个真人。

"通常在接下来的一天黄色会消除，最开始的颜色是棕色里带点儿绿色。"

我抓住了阿明哥哥的衣领。"要我喝什么我就喝什么，要我睡多久我就睡多久，可是我不想再听你们讨论我的身体功能了，行不行？"

我都快哭了。阿明哥哥脸红了，说道："我代表大家向你道歉。你当然应该有隐私。"

他被我骗到了。"你不再生我的气了，对吗？"我捂着肚子，呻吟着说道。

他可不是一个容易征服的对手。"我在河内期间有足够的时间给我的美国室友发邮件，小姐。你骗了这儿的女孩子们。我室友的妹妹和你同岁，她和朋友们说你骗人。"

"那是有点儿疯狂，但我发誓，我的学校里有些女孩子的确会穿。我没有说谎。"我又捂住了肚子。

"你对她们说所有的美国女孩都穿。"

"非常抱歉，真的。那句确实是我胡说八道了。"

"我一直谨言慎行，因为……"

"你那样不累啊？"

他看起来很迷惑，好像没有人问过他这样的问题。这次，他没有回答。

"你一定要操心所有的事情，而且一直都要这么严肃吗？你就不能做会儿你自己吗？"

他大笑起来："每部好莱坞电影里都有这句台词，可全村人供我去留学，我不可能只考虑我自己。"

"那样压力真大。"

他点点头。我们没有再说话。那些无时不在的人群也破天荒地安静下来，仔细在听我们说的每一句话。

我突然想到阿明哥哥从来都没有做过错事，也不摆脸色，不发脾气。如果他只是单纯地想讨好每一个人的话，那他又怎么会知道自己想要什么呢？但我不敢问他这个问题，因为那很有可能又是一个美国电影里的问题。

"对不起。"我不由自主地说，"你希望我去给女孩们道个歉吗？"

"道个歉会比较好。她们真的不想再穿那种倒霉的内裤了，可她们又不想惹你不高兴。"

人群议论纷纷。他们真是不可理喻。

阿雯跑进来，一只手恭敬地拿着一个红色的水果，另一只手提着装肥肥的篮子。大家盯着她手里的那个水果，就像看着一颗巨大的红宝石。

"那是石榴吗？已经熟了吗？阿土叔把今年收获的第一个果子给你了？"

阿雯满面春风，一切尽在不言中啦。她一边把果子举得高高的，一边把肥肥从篮子里拿出来放在我的胸口上。肥肥真的好重，而且闻起来有股泡过的蘑菇味。它是不是又长胖了啊？

"准备好了吗？"

我点了点头，因为现在这个全新的我要尽力讨人喜欢。然而阿雯却是在对她心爱的黏滑的朋友说话。石榴被阿雯一下掰开，露出了深红色的果肉和小小的白色的石榴籽。肥肥竟撑起了身子。从这个打开的礼物中，一群果蝇应声飞出。就在这个当口儿，肥肥把它的每一块小点心都吞到了自己宽大的嘴巴里。我几乎都没有感觉到它那肥硕的身子动过。它就是那么棒。

大家都鼓起掌来，我也是。这是我来越南以后看过的最酷的事情。我承认，要是我在PBS自然频道看见一大群人围着一只吞吃水果里的飞虫的青蛙鼓掌的话，我会觉得他们都该吃药。但在这儿，和这些兴高采烈的可能的亲戚们在一起，我没法无动于衷，除非我是铁石心肠。

阿婵阿姨把李子大小的石榴切成几十小块。每个人都尝了一下，大家都惊呼这石榴比糖还甜呢。每个人都吃了石榴，除了我。我还是一个染上寄生虫的病人。

阿雯终于把捕虫能手从我身上拿了下来。啊，终于可以正常地喘一口气了。阿雯站在我面前鞠了一躬，她是想说刚才类似PBS自然频道节目的一幕是专门为我上演的。

第二十章
守卫讲述的最后一天的事

　　越南是一个反差巨大的地方。要么就啥事没有，要么就诸事齐发。猜猜是谁一来就让所有人都往前院跑？包括奶奶，她跑不动，但她也在往前院走。

　　侦探擒获了扭捏的守卫。

　　我真适合写新闻头条。戏剧化、有悬念，这就是我的风格。

　　大家让我留在那张硌骨头的床上休息，但等房间里的人一走我就偷偷地溜到了一楼，藏在前厅的门后面。我可以看见和听见所有的事情，我是世界上最棒的间谍，哦耶！我的腿还稍微有点儿发颤，不过我能撑住。我的胃里啥东西也没有，老老实实的，不翻腾了。我的脸从原来的棒球消肿到像个高尔夫球。我要给爸爸讲讲那个有点儿恶心但是疗效神奇的药膏，可就连妈妈的侦查员也找不到爸爸。他跑到深山里去了。

所有的人头一次安安静静地站在后面看着侦探把守卫带到奶奶面前。世界上最瘦的人是不是都在越南啊？这个守卫瘦得满脸褶子，和侦探有得一比。他的两个颧骨耸得像两个小灯泡，隔着衣服也可以看见肩膀的关节鼓了出来。我猜不出他的年纪，不知道该怎么称呼他。他是爷爷那一辈的还是爸爸那一辈的啊？

守卫给奶奶深深鞠了一躬，奶奶点了点头。他们终于见面了，看上去却无话可说，就连那个聒噪的侦探都安安静静地站着。

阿婵阿姨一定是世界上最高效的人，她跑去搬了张藤桌，其他人搬来了三张椅子，还有一壶茶、三个杯子、一碟水果，水果剥了皮，白色的果肉里有闪闪发光的椭圆形的黑色种子。我实在是太饿了，虽然我知道把那个种子磨碎以后会变成灭虱子用的灼人头发的药膏，但我还是流口水了。

三个人坐在我藏身的门之外，奶奶和守卫都正对着朝我这边看，可是没看见我。太安静了，我甚至能听见呼吸的声音、小鸟的轻鸣声，还有微风吹拂树叶的声音。拜托，说话啊！

当然是侦探先开口了。他可要说上一阵子呢。奶奶坐得笔直，两手手指交叉放在桌上。她脸上波澜不惊，决意不动声色，可是她无法控制眼睛。她的眼神里希望、疲倦和坚韧一齐涌现。"请告诉我吧。"她说。

守卫清了清嗓子。我觉得他有点儿害怕奶奶，因为奶奶的眼神正在刺穿他。他抿了一口茶，缓了一下。我的心扑通扑通跳得厉害，就像一条刚刚捕获的鱼。说话呀，拜托。

"首先，请允许我说，我从没想过会有这么一天。"他又抿了几口茶水。

我听得懂。谢天谢地。我的四肢百骸都松了一口气。我被逼着飞越半个地球来到这个蚊虫肆虐的地方待了几个星期，至少我听到了这场千载难逢的谈话。

"也请允许我说，我知道我们的会面意义非常重大。要说明的一点是，我从来没有把您的丈夫当成敌人。他的长相让我觉得他很像是我的一个哥哥。那是 1968 年的春天，我刚刚从学校毕业。我们说话的口音都是一样的。我们一起吃变质的大米，当有炸弹来轰炸的时候，我们就一起躲在黑暗的隧道里，有时候是几个小时，有时候是好几天。我是为了发动春节总攻到南边来的，然后接到命令留在这儿。我的任务是加长一个通往池塘的隧道工事，因为没有水我们的人就没法儿活下去。在这里不能做饭，因为害怕炊烟被人发现，只能靠喝水活下去。

"我们计算过，如果我每天从储存室往东南方挖 30 厘米，并且保持 35 度的斜角用来引灌，那么 6 个月后我就能挖到池塘。我领到了一块木头，还有一根和我的手臂差不多长短和粗细的铁棍，铁棍的一头很尖。我开始挖土，可一次只能挖下指甲盖大小的一点儿土，我发觉就算是我夜以继日地挖，我也不可能完成每天的任务量。那是旱季最干旱的时段，当地的泥巴几乎都硬得像水泥。这种土质很适合钻隧道，可要挖掉这些土对关节和肌肉来说实在是太残忍了。"

我的天！我的运气怎么这么背，竟又遇到了这个世界上第二最能废话的人？他真的就在这儿。好吧，至少我还听得懂他说什么。拜托拜托，爷爷到底发生了什么事？

"我的长官留意到了我的难处，给我一个帮手。一个战俘，那个人身形委顿，声音沙哑，穿着和我们一样的棕色制服，但没穿鞋子。我觉得可能是我们这边的某位长官看上了他之前穿的长裤、衬衫和鞋子。"

奶奶挺直了身子。

"我们给了他一套相同的工具：铁棍和木头。我和他，当一个人在储存室——那是一个可以供几个人躺下或者站立的容身之处——休息的时候，另一个人就钻进黑洞洞的地道里去挖土。就我们俩，白天轮流休息或者挖地道，要是上天垂怜，晚上没有直升机的声音的话，我们就可以从洞里钻出来，做点儿饭吃，站一站，呼吸一下夜晚干净的新鲜空气。"

"你伤害过他吗？"奶奶尽量控制着情绪问道，她的声音很尖。

"从来没有。我名义上是看守他的人，但实际上从各方面来看我们都是兄弟。他所遭遇的折磨我也都经历了。我确信无疑他们命令我挖的是一条不重要的地道，因为我在打仗的时候表现得不够勇敢。他们经常批评我想得太多，没有全神贯注于唯一的目标——不惜一切代价去赢得胜利。"

"别谈论那场战争了，那时他的身体怎么样？"

"我们全都是皮包骨头。我们有一麻袋发霉的米，晚上我们会煮上一把，挑出漂着的也不知道是什么东西产在里面的黑色尸体，然后再加入我们能找到的野菜。偶尔，某个村民会给我们一个红薯。在那之前，我从来没觉得红薯有那么好吃。我们用水煮红薯，煮出来的棕色的、有点儿甜味的水都被我们喝了，然后我们把红薯分成两等份。我们小口小口地咬，不对，都不是咬，是一点点抿那红薯，直到红薯的最后一丝滋味也消失在我们的唾液里。要是我们愿意，我们会在太阳升起来而我们必须回到隧道里去之前一直慢慢地吃那半个红薯。那些个清晨，我们嘴里有甜甜的红薯的味道，记忆中的微风环绕着我们，我们感觉好像拥有了整个天空。趁着舌尖上的甜味和鼻腔里的香气还没有散去，我们更加使劲儿地挖隧道。"

奶奶微不可见地轻笑了一下。

"他告诉我，他习惯于每天早上蒸一个红薯，一半在家里吃，一半当点心带到班上，天天如此。我觉得一定是他的妻子在打理这件事，不过他从来没有提到过她，好像如果提到她的话，他就会把我们身处的那个地狱里残存的一点点氧气全部吸光，只留下让人喘不过气来的痛苦。几十年过去了，我从来没有想过这位妻子会坐在我的面前。"

我知道红薯的故事。奶奶告诉过我爷爷有胃病，红薯好消化，也容易吃饱。我看见奶奶的眼睛里闪着光，好像也想到这些了吧。

"他给我讲了他的七个孩子。他的大儿子叫'热切'，那一年要满十五岁了，是个善良害羞的孩子，现在他要拉扯整个家。老二叫'想念'，十三岁，固执又顽皮，不过他很节俭，那是出于对妈妈的爱。他的大女儿叫'你'，十一岁，非常聪明，她帮哥哥做完数学作业还有时间去玩跳绳。接下来的两个女儿一个叫'细数'，一个叫'每一个'，分别是九岁和七岁，看起来就像是双胞胎一样。她们两个头一样，爱吃的东西一样，看的书一样，在同一时间哭，也会因为没有人看见或者听见的事情同时发出阵阵大笑。老六叫'水滴'，快五岁了，就在离家前的几个星期，他送给水滴一辆三轮车。那孩子没日没夜地骑三轮车玩，全家人都是在小三轮的车轮吱吱嘎嘎转啊转啊的声音中入睡的。他的小儿子名字叫'雨'，刚学说话，马上可以说整个句子了。他第一次对我讲起孩子们的故事的时候，他和他们已经分开了一年十一个月又十八天。每一次他讲起孩子们，就会重新计算一次分别的时间。"

奶奶抬起一只手，好像已经听不下去了似的："他和你一起待了多长时间？"

"整个旱季。"

"你最后一次看见他是在什么时候？"

"我从来学不会他那种靠扯脚指头和小腿上的汗毛来计算日期的方法。那应该是旱季快结束的时候，因为我们已经渴得恨不得要喝自己的汗水了。"

"最后一次见他是什么时候？"

"抱歉我说话有点儿啰唆。毕竟说多少都不花钱。最后那天晚上，我们一起在地面上待了几个小时。我们的惯例是到池塘边去做饭。直到现在水和空气对我来说仍然是这世界上最美丽的赏赐。前一天晚上我们整晚都待在隧道里，因为直升飞机一直在盘旋，所以我们急需呼吸新鲜空气。我仍然描述不出隧道里的空气。当然，那里面热得灼人，但那是心理能适应的。说里面的空气混合着人的粪便和腐烂尸体的气味，都是流于表面。但我无法描述呼吸那种陈腐、禁闭、充满烟尘的空气是种什么感觉。我们缺氧。每呼吸一次我们的胸口都疼，就想多吸点儿氧气，可惜没有。那种对空气的渴望侵蚀着我们每一寸肌体。最后那天晚上，地面上的空气格外清新，还有微风，奢侈的微风，附近的农舍还飘出烤玉米的甜香。我们说，只是闻闻那个香气，不必吃到，就是某个不知名的神明记得我们还活着而赐予的礼物。但很快我们又听到了直升飞机的声音，我一拐一拐地钻进隧道，我以为他跟在我后面。因为长时间挨饿、缺氧，还有被隧道里看不见的虫子叮咬，以及身体内外的寄生虫，我们都走得跟跟跄跄。他咳嗽得很厉害，恨不得把五脏六腑都要咳出来。从我认识他起，他就一直在咳嗽。我已经爬到了隧道的秘密入口，这时才发现我是孤身一人。我爬回去找他，但无法令他站起来，更别说走了。他说'够了'，他说他是人，不是鼹鼠，他说就算他可以不见阳光地活着，可不能不呼吸空气。我拖他。那时候美国人的飞机跟在直升飞机后面，已经可以听见第一轮轰炸的声音了。"

　　奶奶深吸了一口气，大家也都跟着喘了口气，但我没有。

"我又拖他，可他拍了拍我的手。池塘上映射出红色和蓝色的火光。炸弹离我们很近，仿佛就在我们耳朵里炸开。他把他破烂的薄薄的裤腿拉起来，露出他的双脚和小腿，红肿流脓，还因虫咬而乌黑。'够了。'他又说了一次，然后死命地咳嗽了一阵。直升飞机已经飞到我们头顶了。我爬向了隧道，回头看见他坐在水边。炮火雨点儿般地掉下来，火光映照出一个男人的面孔，在拼命喘息。"

"你把他扔在那儿了？"奶奶站了起来。噢噢！

"我努力拉他了，可他……"

当守卫还在找合适的字眼的时候，奶奶探身打了他一个耳光。她打了他耳光！奶奶从不大声说话，就算我活该挨骂的时候她都不会大声说话，可现在她竟然扇了这个认识爷爷的人一个耳光？守卫张大了嘴，所有人大气都不敢出。

"你没有履行你的职责。"奶奶严厉的声音听起来完全不像她自己。

"我真的没有力气对他来硬的。"守卫为自己辩护着。他没有生气，只是和我们大家一样很吃惊。

"你真的应该把他拖回去，必要的时候，你也应该对他来硬的。"奶奶严厉的声音变成了哽咽。她走开了。我想跟着奶奶的，可我这时候应该待在床上。万一她也打我怎么办？一开始她想确认守卫有没有伤害爷爷，后来她又说守卫应该对爷爷来硬的。在战争里，什么都不合逻辑了。

"我们没有发现他的尸体，池塘边或者别的地方都没有。"守卫在她后面说，"他给您写了一些东西。"

我的天哪，这才是重点！可是奶奶径直朝爷爷的祖屋走去，谁都不敢拦着她。她听见守卫的话了吗？这几乎让我们不枉这趟越南之行了。为什么奶奶不听最重要的这一部分？

"把信给我。"侦探以命令的口吻说。他站起来，面色凝重。在这种关键时刻，连他都不说废话了。谢谢你。

"并不是一封我能带在身边的信，"守卫说，"她必须自己去看。"

"把信给我，现在！我没有耐心了。"

"如果你带她去南方，我就带她去看。"

和奶奶一样，守卫也站起来，走出了村子。他为什么要把信息藏在南方？爷爷写的东西是一封信吗？

侦探一直不停地在和守卫说话，还不停做着手势，可守卫一直边走边摇头。侦探看起来都要追上去动手抓守卫了。可两个一样干巴巴的人拉扯起来的话，年轻点儿的那个总是要占点儿优势的。就连侦探也知道这一点，于是又颓坐在他的凳子上。

他可是无所不知、无所不能的侦探啊，要是连他都无能为力的话，我们还能做什么呢？每个人都开始叫着跑着，而我则赶紧回到那张折磨人的床上去。大家都已经抓狂了，我就不要再添乱了。

第二十一章
侦 探 的 笔 记 本

那天下午：

奶奶一直把自己关在有蓝色仙女像的房间里。

我终于弄清楚那个守卫的名字了，他叫阿海，我得称呼他为阿海伯伯，意思是他比爷爷要年轻不过比爸爸年龄大。他不见了。就算把自己的舌头和肠子扭成麻花我也发不出来"阿海伯伯"这几个音，所以我还是继续叫他"守卫"。

侦探忙疯了。他扔了好多东西，一会儿跑到这儿一会儿跑到那儿，给我爸爸发邮件，打电话的时候声音超级大。咦，他那么老，居然会用手机。最后，他也离开了。

阿婵阿姨殷勤地招呼大家饮茶喝汤，这两件事旨在让人变得安静平和，可是都不管用，于是她去给自己做了个面部护理。

阿雯和肥肥回到池塘去了。

阿明哥哥被派出去办事了。

也就是说不会有人看着我了。

我正要把这些重大事件汇报给妈妈，却发现我竟然把手机落在了爷爷的弟弟家。应该说幸好没带在身上，不然手机早已葬身塘底了。可是如果我要想一会儿有力气给妈妈发短信的话，就必须吃点儿东西。真的，我都能感到我的脸颊在下凹，就连这几天一直肿着的那半边脸也都瘦下来了。

我在自由市场上总算找到了卖越南米粉的摊位，闻起来好像没问题：咸咸的牛肉汁、筋道的白米粉、紫苏叶，还有切块的青柠檬。我自知看起来肯定特别可怜，脸上有伤，面色苍白，站在摊位前口水直流。我完全挪不开步子。太阳已经要下山了，马上就要休市了。感谢上天，我周围几乎没什么人。米粉摊的老板招呼我过去。

"肚子觉得怎么样？能吃东西了吗？"当然，她也知道我的状况。在越南根本就没有秘密可言。

我急切地点头，就像放在汽车里的点头娃娃一样。

"那么，就吃点儿米粉和牛肉汁，好吗？我们看看吃下去肚子感觉怎么样。"

只不过是一碗米粉加牛肉汁，但这是世界上最好吃的米粉和牛肉汁啊。我的胃把米粉消灭得干干净净，而且还想再来一点儿，可我没有钱。她一定是从我的表情看出来了，于是拍拍我的肩膀说："锅里就剩这么一点儿了。回家吧。"

我说："Cảm ơn（谢谢您），Con qua ngày mai（我明天再来）。"我其实想说我明天来付给她米粉钱，可我知道的越南单词就只有这些，我必须用这些词来表达。但我居然一次说了四个字！我已经说得不那么蹩脚了。

两个女孩微笑着走过来，我在缝纫课上见过她们。

她们什么都没有说，只是一路陪着我回到了奶奶住处的水泥前院。就在那儿，我踩到了一样东西：是侦探的笔记本。我的运气怎么会这么好啊？皮质的封面破破烂烂，已经没剩多少皮了，不过内页倒没散页。女孩们无视我的这个发现，走了。我听见她们人字拖的声音消失在暮色中，我知道在全副武装的蚊子大军开始对我发动攻击之前，留给我的时间很短。就算我穿着睡衣式外套或许能够冒充一个真正的越南人，我也骗不了蚊子。

回到屋里，就着头顶上吊着的灯泡发出的光，我翻了一下这本用墨水笔写满蝇头小字的日记本，居然从1975年一直记录到了现在。侦探现在肯定找他的笔记本找得想吐血了。我真懊恼自己没有学过认越南字。等我回去以后，我要去小西贡的学校上学。是是是，我爸妈总是因为我不去学而生气。是是是，我总是与他们抗争不愿意去学，因为课程都安排在星期六一整天。星期六我们开田径运动会，不过田径运动会倒不是整年都开。

我爬到蚊帐里面，把枕头放好。奶奶醒着，在念经。我小时候，

每晚都是在奶奶低低的念经声中闻着虎标油和万金油的气味入睡的。在这个夏天之前，我从没有意识到我有多想她。

"要是我的手能恢复点儿力气就好了。"

我拉着奶奶的手说："Không sao.（没关系。）"奶奶经常说这句话，我想这句话也可以安慰她吧。

"听守卫讲的时候，我肝肠寸断。想想你爷爷一直咳嗽，挨饿，甚至连双拖鞋也没有。守卫虽然没明说，不过从他的话里我听得出你爷爷的身体太虚弱了，就算他爬回洞里藏起来，也是活不下来的。我能理解你爷爷生命的最后时刻渴望呼吸新鲜的空气。可是我却只考虑了我们自己，我不应该因为那个人告诉了我那些我完全无法接受的事实就迁怒于他。"

"Không thấy người.（没有看见人。）"我想表达的是他们没有发现他的尸体。奶奶听懂了，坐了起来。

"你是怎么知道的？"

我夸张地利用肢体语言和面部表情把守卫的话重复了一次。奶奶看起来满怀希望，忧伤而坚定。

"也许有村民把爷爷拖到他们家里去了，也许他们照顾他还把他送去了医院，也许他吃了顿饱饭，也许他们把他的脚包扎好了。也许有人在我们不在期间一直照顾他。"

奶奶的声音充满了希望。

"Ông sống?（爷爷还活着吗？）"

奶奶轻轻地说了句她经常会说的"也许吧"。

"Làm gì?（怎么办呢？）"

"我应该向守卫道歉，也许……"

我小的时候，奶奶以为我睡着了时就会轻声念叨各种各样的"也许"，到现在我都还记得。我以前经常溜去和奶奶一起睡，上幼儿园之后，甚至一直到小学三年级都这样。每当深夜，我就会听见奶奶自言自语地说：也许爷爷逃走了；也许爷爷失去了记忆可是依旧生活得健康幸福；也许爷爷被困在了什么地方，那里没有人知道战争已经结束了；也许爷爷现在就在思念着我们……

我一直听她念着，有时候有些词在她喉咙里打转，我也听不清楚她说的是什么。可是无论我怎么听，我也不知道她要怎样才能不用再假设下去。

奶奶握紧我的手说："去告诉守卫，让他把信给我拿来。这次我会好好听他说的。我会说服自己接受他所说的话，那就是我们该知道的一切，然后是时候回家了。"

"Không thư.（不是一封信。）"或许是其他形式的信息。

可奶奶并没有听我说。

为什么，为什么，为什么我这么爱多嘴？我怎么就不能把守卫的话保密，让侦探处理剩下的问题？那样我们就可以回家了。无论爷爷在南边写过什么，侦探都可以给我们捎到拉古纳来。他应该会喜欢小西贡的，那里所有商店的招牌都是越南语，吃的东西都非常美味，他很快就能吃胖的。

所以，我们又回到了等待侦探把守卫带到这里来的那个阶段。不要啊！我才不要傻等着，等着我们那位精疲力竭、唠唠叨叨的侦探来完成他的这件小小的任务。万一他几个星期都不出现呢？我要去找阿雯帮忙。我们得想个办法出来。

第二十二章
计 划 成 功 了

　　奶奶整晚都没有睡，我也是。奶奶越是想爷爷在隧道里、在池塘边的情形，想着他对一个红薯如何渴望，如何拖着化脓的脚走路，她就越是辗转反侧，叹息连连。

　　我坐起来，试着通过给奶奶揉脚，让她喝凉茶，去安抚她，后来我发现她只想让我用虎标油帮她揉揉太阳穴。我们就这么折腾到了天亮。到了吃早餐的时间，奶奶也丝毫没有表示出想喝茶或喝点儿粥的意思。当然，我很饿，不过没有表露出来。一定是阿雯把食物篮子送来后又走了，有人已经吩咐她不要打搅奶奶，也不要用那个老式炭炉生火。全村的人都没有来打搅奶奶，他们给奶奶时间让她冷静下来。

这就是我的生活：当我真的需要那些可能的亲戚们来帮助我让奶奶开心起来的时候，他们集体消失了；当我尴尬无比非常需要一个人待在卫生间的时候，他们却集体围观我。

奶奶无声无息地躺着，以至于每隔一会儿我就要把耳朵凑到她的嘴边去听听她的呼吸。好吧，我还是给妈妈打电话吧。

啥？她居然不接。于是我改发短信："十万火急！现在！急需帮助！"这么写肯定能引起她的重视。

十五分钟后，我的电话响了。我从蚊帐里跳了出来，来到了奶奶听不见的地方。

妈妈先说话："我有一个棘手的案子，出什么事了？你还好吗？奶奶怎么样？我只能说五分钟。"妈妈压低了声音，这意味着她一边在大厅里打电话一边向法庭里偷看。我都能想出她现在的样子：灰色的套装、一丝不乱的头发、绝对的泰然自若，就算一整天繁忙的庭审结束已经筋疲力尽的时候，她也会保持这个样子的。

"爷爷给奶奶留了一封信，守卫说只有爸爸去才能拿到，所以爸爸必须马上回来，现在就回来。"

我是有点儿喜欢夸张。但在我看来，作为留在这里陪伴奶奶受苦的人，我有权按照我的方式转述事实。

"好啦，好啦，别慌。我已经和侦探谈过了，我请了三个侦查员去找你爸爸，找到了就把他给你拖过来。"

我怎么会有一个无所不知的老妈？

"这太不公平了。我根本处理不了这里发生的这些事情。

守卫又不见了，我发誓，我给奶奶揉虎标油揉得指纹都要磨平了，而奶奶的呼吸仍然很微弱。谁知道奶奶是不是缺氧呢？我憎恨等待，万一奶奶哭了怎么办？你知道我只有十二岁，这是爸爸应该解决的问题，不是我的。"

"阿梅，宝贝，深呼吸。我会找到你爸爸，他会回来的。可实际上没人知道该怎么办。你在那里陪着奶奶就是对她最大的支持了。"

"可是妈妈，万一奶奶需要什么东西呢？万一我做错事呢？"

"听我说。你可以的。你要和奶奶待在一起，陪她吃饭，跟她说话，带她散步，最重要的是，如果她想要说什么，你就听她说。我必须挂了，回头再打给你。你是我勇敢的女儿。妈妈想你，爱你。"

来自妈妈的帮助就这些了。我虽然很不想做，但是就像奶奶经常说的："Cờ đến tay, phải phất." 既来之，则安之吧。可我得先吃东西，大吃特吃。我现在连动动食指的力气都没有了。

我把食物篮子提过来，防蝇网下面罩着两个碗和两个勺子。没费太大的劲儿，我就把奶奶和我的食物和餐具摆设好，开始吃饭了。我吃得像那个侦探一样，吧唧作响，想刺激奶奶的食欲，可是她始终不为所动。她怎么能忍住不吃呢？开胃的莳萝、可口的鲶鱼、辣乎乎的大葱，还有浓浓的鱼酱。我能吃完一整锅。我的病全好啦。

最后就连奶奶也忍不住了，她坐起来，吃了半碗。半碗粥就算是两岁小孩也吃不饱，不过小孩不怎么活动。奶奶叹了口气，可是她对着我笑了。

"我们去散步消食怎么样？"她伸出手拍了拍我的脑袋。她在表示害我整夜没有睡觉的歉意。我占据了主动权，奶奶觉得内疚啦。现在我可以提任何要求，不过我得控制住，我可不是一个爱占便宜的人。

我们得去给卖越南米粉的老板付钱，而且既然在那儿了，就不妨再吃一碗或者两碗粉，一定要配上滚烫的牛肉汁，还要抓一大把豆芽和紫苏叶。

米粉把我的肚子撑得鼓鼓的，尤其是我的腰带上还别着那本旧笔记本，走路都走不动了。我计划万一奶奶变得闷闷不乐就出其不意地把侦探的笔记本拿出来，哄她开心。我都会预先筹划了，真是脱胎换骨啊。

像吃芒果沙冰一样，三碗粉轻而易举地就被我吞进了肚子。之所以能吃三碗，是因为这里一碗的分量就像过家家似的，是专门为这里超小号身材的人设计的。这个地方连冰激凌都是用红豆而不是用奶油做的，我除了变瘦以外还有什么办法呢？

我们往塔那边散步，这是奶奶的主意，我都无所谓。在村子正中，人们围坐在那棵三百岁的老榕树下，在带着今天采购的东西回家之前坐在这里吹吹风。阿婵阿姨看见奶奶立刻招呼起来，她吩咐大家在长椅上给奶奶腾出了一个位子。毫无疑问，新泡的茶水和刚刚成熟的时令水果马上就会奉上。

奶奶的一举一动都牵动着大家，于是奶奶说"Không sao, không sao"，没关系没关系。我感觉 Không sao 是越南使用频率最高的短语。每个人都对其他所有人保证说一切都没问题。用这种礼貌又安抚人的语言说话，要暴躁起来都不容易。

阿雯也在这儿。我实在太高兴了，我跑过去差点儿抱住她，幸好打住了。

我小声说："Phải giúp.（你必须帮助我。）Tìm ngui canh Ông.（找到人，守卫，爷爷。）"

阿雯怀疑地看着我。

于是，我说了两个神奇的字："河内。"

阿雯跳了起来，亮出写字板，写道："你怎么知道那个人在河内？"

哦，原来河内拼出来是"Hà Nôi"啊？用英语拼写的话谁能认识嘛。

我把侦探的笔记本递给她。他写了这么多，里面肯定有答案。阿雯凝视着侦探写的那些字，仿佛字里行间有钻石一般。和我一起她很开心，因为我都能看见她的牙套。她看那些字很吃力，于是她朝阿明哥哥那边跑去，阿明哥哥站在阿兰姐姐旁边，而阿兰姐姐身边还黏着一个阿玉。

阿明哥哥立刻开始工作，他皱起眉毛，眯着眼睛，用手逐行指着日记上的字逐行扫描。而我和阿雯则观察着我们面前这三个人之间关系的动态变化。我的心里雀跃起来，我的生活中又有了悬念和戏剧性了。

阿雯写下一行很好看的字："如果他自称哥哥，然后称呼我姐姐为阿妹，那么咱们的任务就算完成了。"

"啊？"

阿雯翻了个白眼，又写道："那就是他向她表达内心的意思。如果她也称呼他为哥哥，而且自称阿妹的话，那我们的任务就真的完成了。"

"我也叫他哥哥啊。"我写得又大又清楚，跟笔记本电脑上显示的一样。现在我们俩处于秘密模式，所以不能用结结巴巴的越南语说话。

"对你而言，哥哥的意思是他像是你的兄长，但对阿兰姐姐来说，称呼他哥哥就是表达心意啦。"

"他俩现在互相是怎么称呼的？"

"阿明和阿兰。"阿雯一边写，一边给了我一个不屑的表情。

我本来想写："你们和你们的语言真是太太太烦了。"不过我选择忍住了。

我写道："我应该直接称呼你阿雯吗？"

"或是用 mày 做第二人称，用 tao 做第一人称。"

我盯着阿雯，很可能看起来有点儿呆，可我以前真的没有看过这些词。

阿雯又写道"好朋友之间可以用 mày tao。"

我吃了一惊，使劲儿盯着她看。我又看了看她写的字，的确是"好朋友"。她点点头，我也点点头。mày tao 也许是越南语里最美的两个词啦。

阿明哥哥大喊了一声："Đây!（这里！）"然后用手指着布满灰尘的日记的一处。

不错，这里用铅笔工工整整地写着一个地址：玉色街

28-30 号。我的天哪，我们有地址啦，真是拨开云雾见青天呢。

阿雯一秒钟都没耽误，她在笔记本上写道："跟我来。"

什么？

突然，阿雯捂着一边脸尖叫起来，就像嚎哭的那种尖叫。

"啊！我的脸被刺到了。啊！流血了。"

每个人的脸色都变了，尤其是阿雯的妈妈。阿雯倒在地上打滚，她身上那件已经很破的 T 恤到处都是土，她还是紧紧捂着脸颊，因为疼痛一直嘶嘶喘着气。她是流眼泪了吗？她眼睛闭得太紧了，我看不太清楚。

所有的村民都开始七嘴八舌地出主意，这是当然的了。

"吓死我了，你看她的脸色和春天的树枝一样绿啊。"

阿雯叫得更大声了。

"血，她刚才吐血了吗？"

是的，她吐血了！

"她咳嗽过吗？她是不是发烧了？"

她咳嗽过，没发烧。

"别离得太近，有可能会传染的。"

大家都围得那么近，现在撤太晚了吧。

"我表弟有一次得了疟疾，一直发抖，发抖，他那时候的脸色就跟她一样绿。"

不是吧！我会不会是下一个得病的人啊？蚊子都那么喜欢我。

"嘘，都退后！"

　　总算有明白人说话了，阿婵阿姨让所有人后退五步。我立刻照办。她捏着阿雯的嘴，让她吐一下——把血吐出来，真的有，虽然不多，但是确实是血，然后她把食指伸进阿雯的嘴巴，在里面搅了两圈，然后点了两下头。可怜的阿雯，她马上就得喝那种泥浆一样的特效药了。

　　阿婵阿姨把阿雯扶起来，她让阿雯坐在奇迹般出现的一个长凳上。毫无疑问，阿婵阿姨有一个强大的团队配合她。阿雯喝了水，又张开嘴让阿婵阿姨检查，终于，阿婵阿姨说话了："她戴的牙套有一根钢丝松了，刺到了她的脸颊内侧。如果不处理的话，会很危险也很不舒服。"

　　"把牙套扯出来吧。"有人建议。

　　"不行，得先割断那根钢丝然后再把牙套扯出来。"另一个人提议。

　　阿雯的眼睛瞪得大大的，这两个主意她都不喜欢。

　　我说："Chờ！（等等！）"然后我沿着那条土路，穿过房子和房子之间结构复杂的小巷，跑进爷爷的弟弟家，打开我的箱子，就在那儿：专门用来处理阿雯这种紧急情况的牙蜡！有时候牙套会破损，在看牙齿矫正医生之前用牙蜡封住钢丝断口可以避免被戳伤。

　　我原路返回，呼吸急促，因为我吃得太撑了。我没参加过田径比赛。回到阿雯身边，我用牙蜡封好她嘴里的钢丝断口。紧急状况解除。大家点着头，散开了。

　　嘿！同样是这群可能的亲戚们，在讨论我的危机时，对我拉肚子细节大放厥词，品头论足。可当他们完全可以说些

"耶，今天多亏了你啊"，或是"要是没有你在的话，真是无法想象啊"这样的话时，点点头就完了？瞧我这汗流浃背、两腿发软、心跳得咚咚的样子。不过随它去吧，这说的也不是我。

你以为阿雯和她妈妈会喜形于色吗，其实她俩正挤在宝塔旁边的石榴树下小声而激烈地说着什么。我假装不经意地靠近她们。偷听，这个我擅长。可能你会说她们一边争吵一边还在试图掩饰争吵，可在这个国家，小孩子绝对不可以与家长争吵，每个人都要保持公关形象。

最终结果：阿雯要去河内啦！哇，我也要试试这种此时无声胜有声的争吵方法。

原来阿心阿姨和阿婵阿姨还有一个姐妹，在河内当牙医，就是她给阿雯装上的牙套。阿心阿姨起初不让阿雯去，但阿雯说牙套松了牙齿会很快又不齐的。阿心阿姨对大女儿在牙齿护理方面的疏忽始终让她有点儿愧疚，于是她发誓要把小女儿的牙齿保护好，相信这个几乎无所畏惧的孩子会需要所有可能的帮助。

偷听的规矩！

我当然也想去河内，但我不知道该怎么向奶奶开口，因为奶奶需要我，而我应该表现得崇高伟大，无私陪伴，完全离不开她。太糟糕了，我本来想去，可要装作不想去，感觉真不好。阿雯要去，我知道她绝对是有什么事情要去办，所以我也一定要去。

阿雯把我拉到一边，在笔记本上奋笔疾书，笔迹还是很工整："捂住脸，脸疼，必须照 X 光，现在。"

我小声地说："Không có đau.（我不疼。）"

"我也不疼。"她写道。

我看着她，用眼光询问道："那你的牙套是怎么回事？"

阿雯不屑地盯着我，眼神坏坏的。她在笔记本上写道："装的！"

噢。

"Còn đau.（还疼。）"我在奶奶面前捧着腮帮子蹒跚。她检查了一下我的伤。我知道看起来恢复得很好，甚至都不紫了，只有一点点青黄色，肿起来的包已经完全消了，可疼这个东西谁说得清呢。

"可能脸颊下面骨折了吧？"这位八成是亲戚的人，上天保佑你！

"伤在脸上，最好确认一下伤情，别留什么终身影响。"又有一个人说话了，上天也保佑你！

我假装一脸苦相，呻吟着。我敢肯定此时奶奶和我心里想的是一样的：没有人愿意向我完美的妈妈解释我的脸怎么塌进去了。要是你的颧骨骨折了，也没有人愿意面对你的妈妈吧？奶奶轻轻地用食指弹了一下我的脸颊。我大叫起来："Đau quá!（好疼！）"

现在我必须要去河内啦。不是因为我想离开奶奶，而是因为我要去把我的脸弄好。奶奶了解，她让我去收拾行李。我拥抱了奶奶，虽然在礼节上我不该这么做。

回到家里，奶奶把爸爸给她的白色信封交给我，里面全是 20 美元的钞票。哇噢，我发财啦。奶奶把钱装在一个手工缝制的钱袋里，钱袋上别着三个很大的安全别针，然后再把钱袋拴在我的腰上，藏在裤腰下面。我的样子看起来很像是肚子有毛病。

所有的各种可能的亲戚都自愿陪我们去，不过最后还是阿明哥哥接受了这个任务，因为他正好要到美国使馆去办事。

我们将乘坐一辆货车直接抵达牙医阿姨的家，阿姨可以处理阿雯的牙齿，然后再带我去照 X 光。晚上我们和阿姨住在一起，隔天下午，还是那辆货车，载我们回来。没有牙医阿姨的陪伴，我们哪儿也不去，而且除了阿姨和阿明哥哥，我们不会和别的任何人说话。

可是，出门旅行总是有各种可能性的嘛，所以我按照回家的标准打包了所有的东西。

第二十三章
越南语和可怕的变音符号

80 公里的车程怎么会这么久呢?

我被困在车里,几个小时的时间都和阿明哥哥还有阿雯待在一起,没有别的事情可做,只好学习那些打在元音字母周围的烦人的小符号。我们甚至不能听广播。我一辈子都在看那些烦人的符号,可一直不知道它们居然有用途。从前每天晚上我都要抄写一大段越南语,虽然我根本不知道我写的是什么,虽然那些变音符号都要把我搞疯了。爸爸真的想让我这么做,所以我就这么做啦,我曾经是多么完美的女儿啊。

我们的车穿过田野,女孩们两个一组两个一组地从车窗外闪过，她们把绳子拴在桶上，从井里打水来灌溉庄稼。我情愿出去打水也不想待在阿明哥哥身边，他想把需要学一整年的越南语课程一股脑儿全部塞进我已经塞满了的脑袋里。

可我不敢对阿明哥哥发脾气，因为我之前的恶作剧，所以感到有点儿对不住他。这种惩罚也太严酷了，可谁都知道回报很糟糕。

小小的变音符号一共只有 9 个，可它们组合的方式却成千上万。最要命的是当变音符号和奇怪的元音组合在一起的时候，比如说 phượng（凤凰），要发出这个音需要很多个不同的发音器官配合，可我觉得我根本就没有长这些器官。我们现在依然挣扎在幼儿园水平上。

"再来一遍，小姐。注意。发 Ba 的音，念玄声，音调往下走，最后念 Bà 。"

我试了一次，听起来像是一只绵羊在一本正经地叫唤。

"发 Ba 的音念锐声，音调往上走。Bá 是一个多义字，和不同的字组合在一起表示的意义也不同。"

我试了一次，听起来像是一只吃惊的绵羊在叫唤。

阿明哥哥叹了口气，可依然没有放弃。他是我见过的最勤奋的人，别忘了我见过的人里可包括奶奶、爸爸、妈妈，还有所有那些勤快的阿姨们。

"发 Ba 的音，念问声，音调要像问号那样扭动。Bả 的意思是有毒的食物。"

我试了一次，听起来像是一只受到惊吓的绵羊在叫唤。

"发 Ba 的音，念跌声，让音调跳一下。Bã 的意思是残渣，就是嚼过以后剩下的东西。"

我试了一次，听起来像是一只正在向下跌落的绵羊在叫唤。

"发 Bạ 的音，念重声，让音调在喉咙里顿一下。Bạ 的意思是随意、随便。"

这个单词我最喜欢了。我要说"随便"，可听起来像一只便秘的绵羊在叫唤。

"小姐，你是在认真学吗？"

我一直都觉得这些小小的变音符号就是一种装饰，是提醒说话的人自己注意的。就像有的人把"Amy"拼写成"Aimee"或是"Aimy"或是"Aymee"还有"Amee"。有点儿不自然，不过，随便吧，或用越南语的话 Bạ。要发出这个音的关键在于闭合声门，阿明哥哥说就是喉头上方声带中间的那个部分。他就是这么教我的。

"就算我们不要这些小小的口音符号，也不会有人注意的。我的意思是说……"

"小姐！如果没有这些符号，越南语就不成其为越南语了，还有，它们叫变音符号，不叫口音。"

我还从没见过阿明哥哥发这么大火。我赶紧点头同意，生怕他的脸气成猪肝色，然后来给我解释那什么符号……随便吧，那些口音之间的区别。

"我们来举个例子吧。"他镇定下来后问我，"你妈妈叫什么名字？"

"蕾妮。"

"她刚出生时的名字。"

我的天哪，我知道她改过名字，可我不知道是从什么发音奇怪的曾用名改过来的。这种事我是应该知道的，真尴尬。

"你爸爸叫什么名字？"

"雷，哦不，叫雨（Mưa）。"

"如果字母 u 带撇号，写成 Mưa，那么这个字的意思是雨。如果只有 m-u-a 这三个字母的话，意思是买东西。"

"那听上去也不赖嘛。"

阿雯写道："他之所以这么介意，是因为他的名字被他的同学们给念毁了。"

我露出一脸"继续说，告诉我"的表情。

阿雯写道："他的本名是 Nguyễn Minh Dũng，阮明勇，意思是光明和勇气。"

阿明哥哥打断了我们："那些不重要，我们还有很多东西要学。"

我用表情示意阿雯继续讲。

"他的名字用英语写的话应该是 Minh Dung Nguyen，读音听起来像'一坨讨厌的屎'。"

看着阿明哥哥的脸色，我不敢笑，也不敢说话，因为一说话就要笑出来。不过我彻底明白为什么他只用他名字中间的那个字了，要是我的话我也情愿讨厌而不愿意当一坨屎。

"你觉得好笑吗，小姐？"

我摇头。真的，我真的没有笑。

"你的名字叫黎阿梅，我想你应该知道是春天的花的意思，你在读'黎'的时候要在字母 e 的上面加顶帽子，用平声读

Lê 才正确。如果一个字没有变音符号的话，那么我想怎么乱读都行。"

阿雯开始写。

"Mái Lẻ = 奇数个房顶。"

好家伙。

"Mải Lẽ = 专心参加典礼。"

没劲。

"Mãi Lé = 一辈子斗鸡眼。"

阿明哥哥大笑起来。

嘿！

我突然非常感谢我的父母。不仅因为他们给我起了一个变下字母顺序就可以适应两种文化的名字，还因为他们给我起的这个名字没有任何讨厌的变音符号。谁不想自己的名字是春天里第一朵花的意思啊？至于我的姓氏嘛，从现在开始，我要在字母 e 头上加一个帽子，写成 Lê。我就把它想象成用越南人的方式给字母 e 防晒啦。

我听见汽车喇叭的声音，堵车了。终于到了！

"到了，河内！"我叫起来。

"小姐，应该读 Hà Nội，这两个字里，第一个字声调往下，第二个字声调……"

"哦，ba, ba, ba! 随便随便随便啦！"

阿明哥哥和阿雯满脸惊愕，好像没有听懂我说什么，或者可能听懂了，但是，管他呢，让我尽情享受满大街乱跑的摩托车释放出来的废气吧。

第二十四章
我和阿雯的河内之旅

　　河内，嗯对，要读 Hà Nôi，和我记忆中的印象一样：人声嘈杂，乌烟瘴气，令人眩晕，拥挤不堪，臭气熏天，可又充满了生机和活力。我已经不再震惊于每辆车的惊人车技，我发现这里的每座房子几乎都和阿婵阿姨家房子的样式差不多。我再一次确信，这个国家所有的房子都是同一个建筑师设计的，只不过每座房屋的高度和涂料的颜色有所不同而已。有一座楼房一共有七层，楼身是浅紫色，又用深紫色做修饰——这分明就是一年级小学生梦想中的生日蛋糕嘛。

　　我们的司机汇入了车流中，和别的司机一样，一边按喇叭，一边步步为营向前挪动。当我们终于到达阿雯的阿姨家——一座粉刷成传统的红色和黄色的五层建筑面前时，我真后悔没有接受奶奶让我带的那瓶虎标油。我不该担心自己闻起来像薄荷，那种味道在奶奶身上闻起来倒是不错，而是应该担心四处找呕吐袋的尴尬场面。

我们走进房子，房子里有股难闻的药味，就像牙医的办公室，因为整个一楼都是牙医办公室。有个戴着口罩——显然不是为了防晒，而是为了卫生——的女士让我们到二楼去休息。阿雯叫她阿娥阿姨，所以她应该就是那位牙医阿姨啦。

二楼是个巨大的卧室，地上铺了很多个床垫，墙边还有几个衣柜。这种装饰真奇怪，不过倒是真的非常干净。自然有人给我们上了水果和茶，还让我们睡个午觉，可我们还没有吃午餐呢。阿明哥哥放下包就准备离开了。

"很抱歉，我必须要走了，我还有事要办。"

"好的。"阿雯说着就听话地躺下睡午觉了。

天哪，她居然听得懂他说的每一个字！

"游戏结束啦，小滑头！你听得懂我说话！"

"听不懂。"

"别装蒜了，你听得懂。"

她拿出随身的小本子写道："阿明哥哥用越南口音说的英语我能听懂，你说得太快太绕了。"

我说得太快太绕？"那……要是……我……说……慢点儿……像……这么慢呢？"

"也许吧。"

那我慢点儿说英语不就完了？一直以来我磕磕巴巴地说越南话到底是为了啥？我生气地看着她："为什么……你……不……告诉……我？"

她大笑了好一会儿，才写道："因为你说的越南话太好玩了！！！"

能够逗她高兴，我真开心。用三个感叹号是我的风格，不是她的。我几乎都要告诉她其实我也听得懂越南话了，不过，还是再等等吧。我倒要看看谁更好玩。

阿娥阿姨的办事效率居然比阿婵阿姨还要高，堪称全球第一人。只用了七分钟，她就帮我和阿雯调紧了牙套，清理干净了牙套上的食物残渣，问我们疼不疼。我们还在点头呢，她就把我们从椅子上赶下来了，因为后面还有好多病人排队等着呢。

"我还答应你妈妈什么来着？"她问阿雯。阿雯指着我的脸颊。阿娥阿姨捏着我的下巴，检查了一下已经好得差不多的伤处，然后喊了个人过来。

"这位是胡琼小姐，她会处理你的需求的。我实在太忙了，连吃饭的时间都没有。"她冲我们摆摆手，于是我们在那位名字发音超难的助手小姐的陪伴下回到了二楼。

胡琼姐姐也很忙，她希望我们只要听她吩咐，跟上她的步子，不要烦她，也不要闲聊。正常人说一遍这些注意事项的工夫，她已经用标准的越南语，和虽然带越南腔但异常地道的英语各说了一遍。我听得晕头转向。

"同意吗？"

我和阿雯刚刚点了点头，我们就出发了。我们甚至没有时间告诉她阿雯可以听懂越南腔的英语。另外，看人说话那么快，还是挺有意思的。

我们来到院子里，胡琼姐姐推出了一辆粉红色的摩托车，鲜艳的粉红色。她衣服的颜色也特别有少女的感觉：黑色的紧身牛仔裤，有小亮片的紧身衬衫，还有高跟凉鞋。不过她的言谈举止可一点儿都不少女。

"首先，我得给你们俩换身衣服，不然街上的那些孩子会觉得你们是乡下来的大土豪。"她用两种语言分别说了一遍。骂人不带脏字嘛，我和阿雯都有点儿生气了。我必须学学她的招数。

三个男孩和两个女孩骑着摩托车围过来。

胡琼姐姐指了一下那个和她穿相同款式的牛仔裤和高跟凉鞋的女孩，只不过女孩穿的紧身衬衫不是白色而是紫色，说："我们大概需要你拉三个小时，或者再久一点儿，50块怎么样？"

"姐姐，给 100 吧，我跑一趟机场就 100 了。"

"65，不然我就租她的车。"她指了指另一个女孩，那个女孩疯狂地点头。第一个女孩马上发动了引擎。

她们是在做什么奇怪的算术题吗？我没敢问，因为胡琼姐姐已经示意我坐到她身后的座位上。她抬抬下巴安排阿雯坐另一辆摩托。她们把头盔递给我们，不过她们自己都不戴，可能戴不戴头盔与年龄有关吧。我猜不出这俩女孩的年纪，十七八岁到二十七八岁？我们都套上了遮太阳的面纱。胡琼姐姐把我们的扯下来。

"戴这个。"胡琼姐姐边说边递过来新的面纱。很显然，面纱应该只遮住鼻子和嘴巴，而且面纱的颜色应该和肤色相近。这大概就是城乡区别吧。我们出发了，而我觉得更晕了。城里的节奏太快了。

我们停在一座建筑前面，这个楼有屋顶，可四面都是敞开的。开"摩的"的女孩留在外面守着摩托车。小楼一共有三层，人超多，乘着油腻腻的电梯上上下下。每一家店门口都有很多装满货品的篮子，一直堆到人行过道上。我们要想进店的话，就必须绕开过道上的篮子。店家们为了给我、阿雯和胡琼姐姐腾点儿地方出来站在一起，不得不把篮子一个一个地摞起来。

"给她们拿宽松的长裤和荷叶边衬衫，还有学生凉鞋，平跟的。"

我和阿雯在店家拉起来的帘子后面换了衣服。这衣服我就不评价了。可胡琼姐姐一直在评论我的钱包。阿雯也带了钱包，比我的稍微小一点儿。

"我还以为你俩的肚子有毛病呢！"她用两种语言挖苦我们。没等我们开口，她就给我们买了两个结实的钱包，可以挂在脖子上藏在衬衫下面，从外面看不见。在公共场合拿钱的时候不用再脱裤子了。这个真不错。

我觉得很神奇，只有越南人才会给他们的长裤设计肥大的口袋，这样一来就算瘦得皮包骨头一样的女孩子们看起来身材也圆润了一些。我选了条茶色的，阿雯选了棕色。我们的荷叶边衬衫虽然是长袖，不过又凉快又柔软。我的是桃子的颜色，阿雯的是绿色的。她选的颜色都是肥肥身上的颜色，我想她一定很想念肥肥吧。

我想给胡琼姐姐两张20美元钞票，可她打了我的手。"还没被盯上之前，趁早把钱收起来。我稍后会跟你们阿姨算钱的，20美元的票子？你没搞错吧？这些加起来也不到十美元，小女孩的衣服罢了。"

她怎么又说起法语来了？我的脑子都不够使了。

胡琼姐姐让我们把旧衣裤扔了，可阿雯不干，她说那是她最喜欢的裤子。胡琼姐姐不住地叹气，然后把所有的东西卷成一团塞到了摩托车的座椅下面。

接下来我们来到了一个露天市场，有着巨大的屋顶用来遮阳和避雨。尽管四面通风，市场里的气味却异常浓烈，香的香，臭的臭，就像人生一样——汗味、水果味、热油味、生肉味，还有一排排鲜花的气味混在一起。女"摩的"师傅还是在外面守着车子。市场里人头攒动，大家都在各种可以售卖的东西周围打转，包括一排一排的食品摊。吃的！都已经下午了，可我们还没有吃午餐呢。

"对不起，我不是想讨人嫌，可我们可以买点儿吃的吗？我有钱。其实我想把钱找开，这样我就能付钱了。拜托你啦。"

花越南盾的感觉特别爽，把钱换成越南盾，每个人立马成大款。胡琼姐姐看着我，可能是觉得我很烦，不过阿雯点头如捣蒜般支持我的意见。

"要是你们一定要照顾你们的五脏庙的话，那就跟我来吧。"

我们去了一个珠宝商店。阿雯和我都不敢表示异议，其实我都不喜欢珠宝，阿雯更不用说，对于青蛙少女珠宝毫无用处。

"今天的汇率是多少？"胡琼姐姐问珠宝店老板。

"14 比 1，小姐。"

"别糊弄我，我知道是 19 比 1。"

"那是联邦银行的汇率，小姐。我们这儿可是小店啊，那么 15 比 1 吧。"

小店？满屋都是大钻石啊。

"好了，18 比 1。"

"我运输钞票有运费，我还要雇保安。"老板说着指了指手拿木棍的五个男人，"也就是您啦，小姐，16 比 1。"

"就 17 吧，不然我们就去隔壁那家店。"

他们完成了一道奇怪的算术题。珠宝店老板打开一个冰箱大小的保险柜，露出了一摞一摞的现金。我从来没有见过那么多钱。胡琼姐姐让我拿出两张 20 美元的票子，然后递给我一大摞越南盾，我的钱包都装不下了，于是我给了阿雯一些。

胡琼姐姐小声对我说："你的钱够花了，千万千万别再把美金拿出来了，听明白没有？我让老板给我拿的都是小面额的钞票，你们都可以用。现在揣一张一百的在裤兜里。剩下的装进钱包。"

她说的 100 其实是 100,000 越南盾。大家都不管后面那 3 个 0。100,000 越南盾约合差不多 6 美元。我爱这个国家！顺便说一句，越南语中的"盾"声调要往下降。出于某种原因，在我们下飞机之前，爸爸就确保让我知道如何发"盾"的声。他给我说了好多好多次。

爸爸在哪儿？我敢肯定妈妈派出去的侦查员现在已经找

到他了。等有空了我就给他们发消息。最近发生的事情太多，有时候我都忘了我的重点是回家，得赶紧找到守卫才行。不过相信我吧，守卫，回家，解脱。

我小声问阿雯："什么时候……去找……守卫？"

她写道："要等待时机。先做他们让我们做的事，然后你办你的事，我办我的事。"

我点头表示同意，可我并不明白她说的是什么意思。

胡琼姐姐带着我们去了一个卖越南卷粉的摊子。我喜欢吃卷粉。就是因为吃卷粉，我才学会了吃稀释了的辣鱼露。胡琼姐姐命令我们就坐在这儿等她回来，可能要一会儿，老板答应帮她看着我们。我听见阿雯咽了口口水，我也是。她从来没有来过大城市，我从来没有离开大人这么长时间，我立刻紧张起来。

"别担心，这里一半的人都认识我和阿娥阿姨，他们不会告诉她你们被单独留在这儿。不会有事的。"胡琼姐姐用两种语言说。她挥挥手说："回头见！"然后就离开了。

我实在是太饿了，也顾不得害怕了。我和别的客人一起坐在长凳上，闻着腌渍好的干虾还有用于擀薄饼的蒸米粉的味道。好浓郁啊！其他人根本就没有注意我。如果我不说话，就坐在这儿，不展示身高的话，我可以冒充本地女孩。可阿雯没坐下，她走向显然是老板娘的那个女人，她就在那儿四处聊天，无所事事。阿雯摇头，老板娘也摇头。唉呀。

阿雯向我走过来说："站起来。"她在说英语。

"我……饿，你也是。"

"不好。"奇怪，阿雯怎么想说英语的时候就能说了呢。

"闻起来……很香啊，别……砍价了，我们吃吧。"

"太贵了。"

阿雯真的走了，离开了卷粉摊子。我真想打她一下，就是说我得追上她。整个市场里都挤满了人。

"你……怎么……回事嘛？"

她一边被人撞到一边生气地写："我才不要花 1.5 万盾买一碟卷粉呢，在村子里最多只卖五六千盾。"

我的天哪，她就为了节约那差不多 40 美分？我要杀了她……等着瞧吧。

我们去了蟹汤米线摊。我喜欢吃蟹汤米线，用鸡蛋炒蟹肉做臊子，再配上辣肉汤和米线。

"太贵了，"阿雯写道，"村里最多只要六七千。"

"我们现在……是在城里，得花点儿钱！"

我们来到越南牛肉河粉摊，吝啬的乡下姑娘还是说太贵。糯米糕摊，太贵。烤鱼摊，贵得离谱。我走到阿雯身后，恨不得勒死她。转念一想，我又把手放在了裤兜里，我得控制住我自己。我的手指头摸到了纸。太好了！我把那张 10,000 越南盾的钞票摸出来在光线下看。看上去和真钱没什么两样。烤鱼摊的老板看见我的钱，偷偷地竖起两个指头，那意思是要是我再多给点儿我们就能吃了。阿雯忙着说话，根本就没有注意到。我拿出一张 20,000 的钞票，老板点点头，我和阿雯坐了下来。

吃东西的时候，我们一句话也没说。我以前不知道用生菜包着烤鱼蘸鱼露竟有这么好吃。哎呀，不好，我不应该吃任何生东西的，我的胃开始绞痛起来。我往周围看想找个卫生间，可到处都是人，弯腰的、站着的、蹲着的，坐在小椅子上的，都是人。我的胃开始……等等……好像没啥事。爸爸说我的身体在一段时间之后就会适应这里的细菌，看来我是适应了。再给我检查下身体吧，我肯定已经有一个铁胃啦。

阿雯终于吃得饱到可以写道："我知道怎么砍价！10,000 块两盘！"

"你……很……棒。"我呷吧着嘴说。

在返回卷粉摊子的路上，我们还尝了蟹汤米线和牛肉河粉。每一次我都要偷偷地拿一张差不多相当于 75 美分的钞票从阿雯背后递过去。每个老板都对我们非常好，阿雯自我感觉好得很。

等胡琼姐姐回来找到我们的时候，时间已经太晚来不及做 X 光了。

"我怎么会答应照顾你们这两个讨厌鬼？"胡琼姐姐用两种语言哀号着，"我们回去就对阿娥阿姨说你已经照了 X 光，明天去看结果。不能说我离开过，也不能说我们坐了本田抱抱。听懂没？"

"什么是本田抱抱？"因为她说的确实是拥抱的意思。

阿雯笑起来，好像她比我懂得多得多。

"你是从那边过来的，对吧？就是租了本田摩托还有司机的意思。我应该带你们去坐出租车，但出租车太慢，而且不平稳，我总是晕车，我受不了出租车。"

我懂了，抱抱就是抱司机的意思。

第二十五章
真 正 的 面 对 面

　　阿雯和我昨天晚上实在是太累了，回去以后直接就睡了，没有吃晚餐是因为我俩谁都吃不下了，也没人吃东西。阿娥阿姨依然在工作。

　　一大早，阿娥阿姨就通知原定今天下午来接我们的那辆货车取消今天的预约，然后又打电话把最新情况告知了她的两个姐姐。现在她在嘱咐阿雯回去千万别告诉她妈妈她让别人照看我们，然后就又把我们交给了胡琼姐姐。才早上 7 点 30 分，阿娥阿姨就开始接待她的第一个病人了。阿娥阿姨的丈夫管理着一家专治癌症的医院，晚上经常都待在医院里，他们唯一的孩子现在在新加坡学习英语。阿娥阿姨每天上午和晚上在她的私人诊所里工作，下午她会去一家国营牙科诊所上班，工资少得可怜。不过为政府医院服务就没人管她了，这样她就可以挣外快了。

7 点 45 分的时候，我们已经在院子里集合了。我们梳好了头发，刷好了牙，把钱包挂在脖子上，穿着昨天那身衣服。衣服我们昨晚洗了，晾在屋顶上一下子就干了。阿雯很想要回我们的旧衣服，可胡琼姐姐就是不给。

"我不知道今天还得跟你们俩在一起，不然昨天我就给你们各买两套了。"胡琼姐姐用两种语言发着牢骚。

"听着，"她压低了声音，"我今天要跑三个街区取东西，我可没法给你们当向导。记住，不准告密。"

她吹了个口哨，载我们的那位本田抱抱和昨天她的那四个竞争对手一起出现了。他们讨价还价了一番，昨天的女司机胜出，并带上一位骑着鲜艳的红色摩托车的男孩。胡琼姐姐摆着手说："回头见。"然后，她就走了。

"我们就是你们俩今天的向导。"女司机用两种语言说道。为什么这里每个人的英语都比我的越南语好呢？"我先带你们去吃早餐，然后去照 X 光，剩下的时间，做什么都可以。你们要不要去参观一下独柱寺，或是别的什么地方？"阿雯和我几乎忍不住要跳起来，终于轮到我们做主啦。

"我们想去还剑湖。"阿雯对她说。我摇头，可阿雯完全无视我。

女司机也无视我，她对阿雯说："今天不行，那儿不知道因为什么封了。"

阿雯坚持说："你就载我们到附近，然后我们走进去。"

"绝对不行，你们俩不出两分钟就会被人盯上。我的任务是全天候陪着你们。"

我根本没有办法跟这两条本地舌头抢话说，于是我拿出一张纸条塞给我们的向导。我是有备而来的哦。

"玉色街28-30号。"

我使劲儿点头，点得头都晕了，然后我拽着阿雯的胳膊，恶狠狠地看着她，她总算同意先解决我的问题，然后再去办她的事情。她不情不愿地记起来我还有十万火急的事情呢。

我们的向导就像两位骑着本田摩托车的阿明哥哥，而那位真的阿明哥哥在我们起床之前就回大使馆了。没有人问为什么，大家都理解，任何与政府有关的事都耗费时间。

我坐的是贝贝姐姐的车，那可不是宠物的名字，是她的真名。阿雯坐的是她弟弟的车，他叫阿文，不过我们可以叫他的网名Van。我知道他这是照顾我，可是拜托，我可以发的出来阿文的那个重声音调的。不过他一再坚持："就叫我Van吧。"好吧！

我们抱着司机出发啦。事情就是这么奇怪，当你坐在摩托车上穿梭于汽车、公交车、自行车，还有成百上千的其他摩托车之间的时候，就算身边充斥着尖锐的刹车声音、发动引擎声，还有随时随地的喇叭声，还是会有一种奇特的安全感。这种交通状况，没人能跑得很快。我们不能超过别人，别人也不能超过我们。双赢。

　　我们停在另一家卷粉店前吃早餐。我爱这个国家！贝贝姐姐陪我们进去吃，她弟弟在外面守着车子。阿雯去跟老板讲价时候，我偷偷塞给了老板一万块钱。在照 X 光的地方，贝贝姐姐让我拿了五万块钱给前台的接待员，之后我们进去一趟又出来了。当电影明星一定就是这种感觉吧！

　　到 9 点 15 分，我们终于可以出发去找守卫了，可贝贝姐姐把写着地址的那张纸给弄丢了。好像我们也没法用电脑来搜。

　　我都要哭了。我们费尽周折到这里来难道真的就是为了紧紧牙套、照照 X 光吗？可阿雯却轻轻松松说出了地址："玉色街 28-30 号。"她就是喜欢记这些看似随意的事情。有一次她还背了越南北方最普通的十种青蛙的资料，包括它们的学名、生活习性，还有特点。我长出了一口气，情不自禁地给了她一个拥抱，可是这个动作吓到她了，她给了我一拳。

　　我们的两个向导一起问："Phở nào?（是哪个区呢？）"

　　我们怎么知道？于是贝贝姐姐拿出了一个带 GPS 的智能电话！爸爸居然还担心我的手机太招摇。就我那个破破烂烂、肥得跟个钱包似的、一看就是免费赠送的手机，招摇？至少妈妈给我的那个手机还有键盘可以发短信。爸爸怎么不在这儿呢，我正好让他出于内疚而给我买个智能手机嘛。爸爸在担心我吗？我可以借贝贝姐姐的电话给妈妈打一个，可是我不记得妈妈的电话号码。好啦，我知道，我应该记下来的。没关系，本来用别人的手机打国际长途也不好。

　　我们的向导让我们抱紧他们，然后我们就出发了。我爱摩托车。坐在摩托车上，我不会出汗，不会被蚊子咬，不用闻臭气，因为所有的东西都被抛在身后。最带劲儿的是，坐在摩托车上我可以冒充真正的越南人。

一点儿都不意外，那个地址是一个长方形的房子。这座房子是棕色的，用绿色点缀，有三层。我都不用看阿雯，就知道这颜色勾起了她对肥肥的想念。一个比爷爷年轻比爸爸老点儿的男人开了门。相对于我在这里见过的男性而言，他有点儿胖。要是在拉古纳，他的身材就算正常。

其他三人退后，只留我一人在门口。我的样子一定有些慌乱，因为他说话很温柔。

"有什么可以帮你们吗？"

我还没想好要怎么做，于是我指着自己说："阿梅。"

"你是从远方来的吗？来这里有什么事吗？"

我拉了一把我旁边的阿雯："告诉……他。"

她问我："名字？"

阿明哥哥告诉过我守卫的名字，很拗口，我突然之间给忘了。"就说……我们……找……挖……地道……的人。"我做了一个趴在隧道里的动作。

门被关上了。

现在怎么办？我对阿雯说她必须重新叫门，然后告诉那个人我爷爷奶奶的事情，侦探是怎么找到那个守卫的，强调一下只要找到那封信我们就可以回家了，可她拒绝了。而那两个向导说他们只不过是向导罢了，而且他们还要守着摩托车。

"我可以看着你们的车。"我说。

贝贝姐姐摇了摇头，被逗乐了："街上那些小孩一把就能把你推倒在地，然后骑着我们的本田跑掉。"

情急之下，我掏出了一摞钱。

她又摇了摇头说："你知道那位大姐会怎么收拾我吗？"

我反应了一会儿才明白过来，她说的是胡琼姐姐。情急之下，我又把钱递到阿雯面前。她把钱推开，还哼了一声。好吧，她是富贵不能淫，可我不能放弃啊。

"你……必须……帮助……奶奶……知道……真相。不然……她会……一直……难过。"

阿雯在考虑。她也有奶奶，她知道想让奶奶高兴是怎么回事。她拿出了笔记本："我试试，可你要答应我，不管结果怎么样，我们都要去还剑湖。"

当然啦，不过我深表怀疑。

还是那个身材微胖的男人来开门，脸上的表情仿佛知道我们还要再敲门，阿雯飞快地说了几句话，门又关上了。好粗鲁啊！阿雯气冲冲地退了回来。

我又去敲门。那个男的看起来快要发火了。我深吸了一口气，然后一只脚跨进了门里。

"Nói con xin. Con là cháu của Ông bị trong hâm. (您听我说，我找那位挖隧道的人。)"我又做了个爬隧道的动作。说这些句子把我的脑子弄得生疼，可我必须得说。深呼吸，深呼吸。"Bà của con tìm Ông đến. Bà của con lắm già. Trước chết Bà của con hết phải chờ. (我奶奶想知道我爷爷最后的

情形，我奶奶已经很老了。在她离开之前让她知道真相吧。）"
这些词都是从哪儿冒出来的？我早就知道这些词，可从来没
有用它们说过句子。我太紧张了，感觉想上厕所。"Xin lắm
vui Bà của con. Biết ai có đi Nam đào hầm không?（请帮
帮我的奶奶吧。您知道那位在南方挖隧道的人在哪儿吗？）"

　　我哭了起来。眼泪啊，别流了。我觉得很难堪，可一想
到奶奶有可能无法知道更多关于爷爷的消息，我的心里就像
被戳了一个洞一样。现在我非常想让奶奶实现愿望，甚至比
想回家还强烈。倒不是说我突然一下子就变得超级懂事了。
我就是这么觉得的。这种感觉让我心痛得泪水直淌。我以前
不知道我的鼻子里能流出来那么多鼻涕，或是我大张着的变
形的嘴巴里能冒出来那么多口水。我的视线一片模糊了，不
过我想那个男人的表情有了变化,他说："Chờ đây.（等等。）"

　　我现在能说两种语言啦，可以统治世界啦！那个男人叫
一个小男孩给我们拿来四个插着吸管的椰子。世界上最好喝
的果汁！然后，那个男孩示意我们四个人跟在他的自行车后
面。我们转过几条小巷子,房子变得低矮了。越往巷子深处走，
房子越是简陋，有的房子根本就是在柱子上钉上几块铁皮围
成的。土路变得湿滑，好像一切都被笼罩在一层油腻腻的薄
膜下面。空气中有股下水道的气味。人们从屋子里出来看我
们。我们的向导和阿雯都面有怯色，所以我觉得我应该也差
不多。

　　"这肯定是个圈套，他们想抢我们的摩托车。"贝贝姐姐
悄悄对她弟弟说。她对那个骑自行车的男孩喊："嘿，我的轮

胎卡住了，我们回去吧。"

阿雯也插话："我有东西忘拿了。"

那个男孩仿佛没有听见他们说话，径自沿着湿滑的小路往前骑。他的平衡性非常好。我们四个人都开始掉头打算往回走，掉头比我们想象得难多了，就在这时，那个男孩大喊了一声："Đến rồi!（到了！）"更多人伸出脑袋来看我们。在这些人里，我认出了两张堆满了褶子、颧骨尽显的脸。

我现在正式成为大侦探啦！

那个侦探朝我们每个人大喊起来，他用的是超长的句子，根本就听不清他在说什么，可我们大家都忍不住笑了。向导们笑是因为他们的摩托车安全了，阿雯笑是因为她安心了，我笑是因为我太激动了。

侦探气急败坏地用他皱巴巴的、愤怒的手指头指着我，可是我好想拥抱他呀。不用说也知道，他立刻把我们弄出巷子，带进了一家咖啡店。好在他把守卫也带出来了。侦探刚好又来找守卫，试图劝说他再去一趟村子见奶奶。

从他的大喊大叫里，我还是了解了他的计划：

1. 爷爷确实写过什么，不过守卫不会告诉我们，除非我们都去南方。

2. 不知何故，奶奶必须要到河内来（注意"河内"的越南语发音）。

3. 不知何故，必须找到我爸爸，他也要来河内（注意发音哦）。

4. 然后我们一起飞到南方去，在我们看到爷爷的信之前，一切事宜都要安排好。我们唯一的线索是，爷爷的信并不是写在一张纸上的。

5.最后，我大胆预测，我们就可以回家啦！

我要尽量忍着不跳起舞来。沙子、海滩、我的生活，我就快回来啦，啦啦啦。

侦探坐了下来，他终于累了。服务员给他端来一杯加了奶的冰咖啡，这是一种口味很重的咖啡，爸爸说这是焦油水，因为它可以让大象都神经亢奋。至于我，我正在喝第三杯甘蔗汁，是在柜台鲜榨的。真好喝啊，尤其是甘蔗汁里再混点儿金橘。我知道我就是在招惹蚊子来叮我，但谁在乎呢，反正喝不喝它们都要叮我的。

侦探恢复了气力，又说了起来，不过还是坐着的。"你们俩，"他指着我们的向导说，"把她们俩送回她们的阿姨那里，转告她一定要保证她们务必待在那里。我要处理的事情已经够多了，不想再操心她们会不会被城里那些野孩子欺负。记住……"

我不想再费神去听懂了，有他在我就不用操心任何事了。再说，他又没有对我说话，我干吗要听呢？

我走到后面一张桌子坐下，守卫也坐在那里，一言不发。"您好。"我发现最好的打招呼的方式就是直接说你好，前面不加头衔也不称呼姓名。我的问候起了作用。

"我看见你们的时候心脏都停止跳动了，你们是怎么找到我的？"

他不知道我在隐藏对越南话的理解能力这件事，所以我可以跟他聊天。这样一来生活就简单多了。我用越南话说："胖叔叔，生气，告诉我的。你家，他的本子里，找到的。"我指了指侦探。

守卫让我重复了一次我的越南话。他肯定听力不太好，他身子前倾，认认真真地听着，脸上的皱纹拧巴得像干涸的河床裂纹似的。终于，他说了句："啊。"

"对，三爷爷在我表哥的房子里找到了我，他也参战了，他比较适合打仗。"

他说的每个字我都听懂了，可他是啥意思我还是不懂。

"也，您，打仗，去的。"

"我没有那种在战争中如鱼得水的技能和性格。我年轻的时候，不管男人还是女人都想帮我们的国家赶走侵略者，可我想不到真打起仗来会付出什么样的代价。"

有些词我没有听懂，但听奶奶讲了那么多年故事，我可以听得出故事里的忧伤。

"选择，再一次，打仗吗？"

"问得好，孩子。我想说不会，人们的牺牲实在是太大了。可越南人毕竟实现了自治，这是我们一直渴望的啊。什么样的代价是人们可以承受的，这谁又能决定呢？"

每个字我都听懂了，可这次他说的又是什么意思呢？

侦探叫我们了。守卫拍了拍我的手，微笑了一下。那个笑有点儿迟疑、有点儿遗憾，表明世界并未因为你上了岁数而变得更容易理解。

第二十六章
还剑湖和发光的青蛙

　　侦探的话把我们的向导吓坏了，他们决定立刻把我们送回阿娥阿姨那里，然后再也不载我们了。可是阿雯吵着说她实在是太饿了，而且说话的声音之大、语速之快前所未有，但向导们还是坚持要送我们回去。阿雯则说要是她现在不能吃到东西的话，她就会在阿娥阿姨面前晕倒，然后阿娥阿姨毫无疑问会通知她的妈妈。向导们对阿心阿姨只是略有耳闻，不过这就够了。

　　我们去了露天市场，还是由阿文守着摩托车。我本想让他和我们一起吃，但这里的规矩我真的不懂，所以还是乖乖闭嘴吧。我准备好一万和两万的钞票放在裤兜里，不动声色地讨价还价是我最喜欢的游戏。

吃完饭以后，阿雯说什么贝贝姐姐都不听了，阿雯啰啰嗦嗦地说了一通她假装了一场脸颊受伤的事故才争取到机会去看那个湖，她要去找一个她也说不好是什么的东西。难怪贝贝姐姐连连摆摆手说她跟我们两清了。

到了阿娥阿姨家门口，贝贝姐姐就像侦探对她做的那样在我和阿雯眼前挥着手指头，压低了声音用两种语言说："听着，要是你们敢告诉胡琼姐姐我们去了那个小巷子，我不会放过你们的！我必须在她心里保持专业的完美形象。她在帮我进城里的一所学校读书。"

她看起来非常焦虑，她的威胁近乎搞笑。现在背后的隐情浮出水面：贝贝姐姐帮胡琼姐姐办事，是因为她要请胡琼姐姐给她写推荐信，好让她去胡琼姐姐去年毕业的那家牙医学校上学。

"可你为什么要当本田抱抱呢？"他们三个都瞪了我一眼。

"你觉得不管是谁我都会帮忙跑腿还当保姆吗？"贝贝姐姐很讨厌我吧，她的表情看起来都快吐了，"只有用这个办法我才能和她混熟，而且我父母和我要自己承担学费，我差两分没有拿到奖学金。"

这里的每一个人每一件事都好复杂哦。

贝贝姐姐接着说："你以为胡琼姐姐喜欢满城跑去采购啊？她也想练习她的专业，可阿娥阿姨已经有两名医师了，他们都在等着去外国的牙医学校进修。阿娥阿姨也等着有人来接手她在公立医院的工作，这样她就可以全身心地投入她自己的牙科诊所了。"

她不停地说着谁为了什么目的在为谁做着什么事，我尽量听着，可我发现阿雯根本就没有听。她在跟阿文——或是Van——说悄悄话，而且她看起来很高兴。我开始担心了。

姐弟两人和我们挥手说"回头见"，然后离开了。

阿娥阿姨和我们待了一段时间，用来告诉我们她又取消了约车，我们得等候下一步通知，她嘟囔着说本来她只答应让我们待一个下午加一个晚上，第二天早上就走的，可家里的人……她们吵得她头都要炸了。

她把我们交给了跑完采购以后一身是灰的胡琼姐姐。胡琼姐姐让我们上床睡觉，现在是下午4点30分。

"可我不累啊，而且已经过了午睡时间了。"我逻辑清晰地指出。

"那就老老实实躺着休息。"

我本来还指望阿雯义愤填膺地反抗一番，可谁知道她说只要把旧衣服还给我们，我们就去睡觉。胡琼姐姐拍拍手说："等我拿衣服过来的时候，你们最好已经睡着了。"

"请把衣服放在我脚边。"

"睡觉。"

胡琼姐姐走了。我戳了一下阿雯："你……是……怎么……回事啊？"

"嘘。"她叹口气，然后去拿她的笔记本，"现在睡觉，今晚我们没得睡。"

房间里一共有七个床垫，她睡到了房间最那头的床垫上。而我翻来覆去一会儿，竟毫无道理地睡着了。

阿雯把我摇醒，我饿了。现在几点了啊？外面已经完全黑了。我们身边到处都是睡觉的人，他们是从哪里冒出来的？我认出胡琼姐姐，她连睡觉都那么高效，就只占了一个床垫的一小块地方。阿雯把手指放在我的嘴上，然后我跟着她的身影出了房间。她抓到了装我们旧衣服的包，我们在楼下那个闻起来都觉得牙疼的房间里换了衣服。

我们把前门的一把单薄的门锁滑向一边，蹑手蹑脚地出来了。这就出来啦？就算是在拉古纳，我们也要用门闩的。这里到底是安全还是不安全啊？在黑暗中我听见了蚊子的叫声，它们肯定是嗅到了从我的每个毛孔里散发出来的糖味并为之疯狂。三杯甘蔗汁可能是过量了，可我怎么知道我要在大半夜蚊子最猖獗的时候到处游荡呢？我抽风似的摇晃身体，嗡嗡声更响了。然后我开始盲打蚊子。阿雯直叹气，她朝花坛摸过去，好像摘了什么东西，然后把摘下来的叶子用手揉碎，抹在我的胳膊、腿、脸，还有脖子上。那个东西的味道有点儿像草，有点儿像花，又有点儿像胡椒。

我打了个喷嚏。

"嘘。"

不谋而合啊！我从她手里抢过叶子，抹呀、抹呀、抹呀。不敢咬了吧。我甚至伸出胳膊去逗蚊子。没咬。我听见它们疯狂地围着我飞。

"这个……是……什么？"

"嘘。"

不经意地，阿文出现了，仿佛他经常都会在这个时间打着手电筒到处闲逛似的。阿雯跟着他，我也是。我得再多弄一些那个神奇的叶子。我们跟着他走过街道，转了个弯，然后又走过另一条街。周围又黑又潮，不过不那么热了。真安静啊，我听见蟋蟀啊、青蛙啊，还有别的什么在黑暗中活动。我们在两辆本田摩托车前停下，这次守着车子的是个不认识的女孩，名字叫露露。为什么女孩的名字都和宠物的名字差不多呢？不过我可不能侮辱我的抱抱司机啊。露露看起来比我还小，所以我绝对不会叫她姐姐。她手里拿着个盒子，还有一个有着长柄的网。我有点儿害怕，可无法在夜里跟阿雯进行眼神交流。

深夜的河内完全是另一番景象。我们能够看见路上画的交通线，清清楚楚地标记着方向相反的车道。路上也有其他司机，但绝不拥堵，所以我们都遵守交通规则。我们先去了一个卖糯米团的小摊，非常便宜，连阿雯都没有砍价。

继续前进。刚到一个巨大无比的湖边，我就害怕极了。我想招呼坐在另一辆摩托车上的阿雯，可她紧紧抓着网子假装欣赏夜色。那个盒子放在油箱上，司机用伸出的胳膊夹着。

阿雯看起来极为开心。我们在湖后面一个漆黑的地方停下来，其他地方光线都很好。很明显，阿雯肯定是要做什么不好的事情，她是故意不理我的。

"一个小时之内回来，不然我们就走了。"阿文用两种语言说，"出去很危险。"

阿雯摇摇头说："我需要你们帮我拉网子。"

"不行，我必须和我表妹一起守着车子。"

"胆小的小屁孩。"阿雯骂了一句，然后看着我说，"走。"

"去哪儿？"

阿雯径直大步往前走去，手里拿着网和盒子，还有几个盖着盖子的玻璃瓶子，玻璃瓶子小心地用毛巾和塑料袋隔开，盖子上还留了通气孔。如此处心积虑的架势，不可能是什么好事啊。

"我……不去。"我喊着。

阿雯又返回来，用一根手指到处戳我。"Lá.（叶子。）"她说。我知道她说的是防蚊的那种叶子，我需要那种叶子，所以我最好听话点儿。

我们朝一片高高的芦苇丛走去，那里看上去就是蚊子聚餐的梦幻之地啊。但更让我觉得不安的是那些光点以及……没错，青蛙的叫声。

"进去。"阿雯说。

"Lá!（叶子！）"我寸步不让。

我们发现，我们正在用对方的母语说话。

"Nói tiếng Anh!（讲英语！）"我让她说英语。

"不。"

如果她想说英语的话，她就能说，但强迫她也没什么意思。于是，我又问起驱蚊叶子的事情："Lá đâu?（是草莓叶子吗？）"

她放下盒子，伸出手摘了一些。到处都是叶子，闻起来都有胡椒的气味。

"这是……什么？"

她拍着口袋想找便笺本，可是不在那里。肯定是我们坐摩托车上的时候掉了。她耸耸肩把我推到水边去。

"不要，坚决不要！"

"嘘，你是小孩子吗！"

阿雯拿了一个没有盖子的罐子还有网子踏进了池塘，水没到她的脚踝。这就是她想要回旧衣服的原因。池塘里的那些小生物肯定都会朝她聚集过来，因为她身上有同类的气味嘛。她让我看她把网放到水下，然后伸手到网里捞，不管捞上什么都往罐子里装。

我的天哪，我在演 PBS 自然频道的节目呀。

"我不要！"

"快点儿过来！"她朝我吼回来。

"我不要去那儿。还记得上次我的池塘探险吗？不要，不要。水蛭不该吸人血。我没必要解释这个。我可以在这儿替你把风，但我不进去。"

我成了自言自语，因为当她朝池塘里头走的时候，我听见她怒气冲冲的抱怨声："完全就是一个城里来的娇生惯养、衣来伸手饭来张口、没用的猴子。我竟然觉得她会喜欢这些！我还要再捉十只。"她在怒不可遏、唾沫四溅地嘀咕些什么我有点儿听不清了。好吧！我抓起两个塑料袋套在凉鞋外面，向上扯着，然后走到齐脚踝的水里继续听她说话。

"要是她那么怕蚊子的话，这些正是她需要的青蛙。它们在村里的池塘里生活过一年。要是她听我说的话，她就会知道这种青蛙每晚可以消灭掉成千上万只蚊子和蚊子的幼虫。而且它们的繁殖率比较低，每年雨季每只雌蛙只会产五到十个卵，所以它们不会威胁到肥肥的同类。它们很擅长隐蔽，就算是肥肥和它的朋友们要和它们打斗，它们也可以躲起来，慢慢地大家就彼此适应了。"

我把塑料袋尽量往上拉，一直拉到小腿肚子，然后又往里走了一点儿。拜托啊，水蛭们，去找阿雯吧，她的血是家常风味的咸味血啊。

"好朋友应该互相帮助。要是自大狂小姐不能来河内的话，我是不会丢下她自己来的。早知道就不帮她出检查颧骨的主意了，她娇贵得很，不能弄湿衣服，可我自己怎么拿得了这么多东西嘛。她和奶奶来的这段时间，我每天给她们送两趟热腾腾的饭菜，连肥肥都没管。现在看来，我完全就是选错了朋友。"

我就在她旁边。她看起来非常焦虑，我想她可能会哭或者用网子打我，于是我把网子抢了过来。以防万一嘛。现在我摇摇晃晃站不稳了，因为我只剩下一只手来抓两只脚上的塑料袋。

"Mày là bạn tao.（你是我的朋友。）"（注意啊，我用的是 mày tao，这可是好朋友的意思。）

"你听得懂我说话？"

"不……全懂。"

"你这不听懂了吗？"

"可能吧。"

她试图把网子抢回去。我真是有先见之明。"为什么你不告诉你的朋友？"

"因为你……写字……很……好玩！！！"

她瞪着我，愤怒的眼光恨不得烧死我。她只要一根手指头就能把我推倒，我肯定会摔倒在水蛭之乡。可我听见她体内在憋着什么，从胸口漫到喉咙，终于爆发出来，是一阵长长的笑声。她斜着脑袋看向月亮，她的脸朝着天空，我一下就放心了，我也笑起来。

我高高地举起网子，阿雯准备好了罐子，可闪着光的青蛙不见了。

"它们藏起来了，我们的声音太大了。"她转身朝岸边走去。太好了！

我的好朋友真是固执、固执、固执。她觉得要是我们保持安静足够久，等得足够久，青蛙们还会回来的。于是我们蹲在岸上，我们的屁股都快碰到泥巴了，我俩看起来就像是两只巨大的、无家可归的青蛙。针扎般的疼痛在我几乎麻木的腿上蔓延。好好想想，我这时候本可以舒舒服服躺在床垫上睡大觉的！我做的这些都是为了友谊啊。

我仔细检查了我的腿的每一个部分，想确认一下到底有没有水蛭吸我的血。阿雯悄悄说城里的池塘里头没有水蛭，这应该又是一个我应该知道的常识吧。我运气背得很，就算这池塘里只有一只水蛭，也会找上我的。我又仔细检查了好几遍身上的包包块块，最后才相信我是安全的。

我的身体困乏得不行，不一会儿，我的脑子也不好使了，意识在夜色中模糊了。夜晚是属于那些看不见的小生物的。不过它们用或欢快或悲伤的鸣叫宣示着自己的存在，它们的叫声分贝很高，可是所有的叫声汇聚在一起就谱成了一曲让人心旷神怡的安神曲。如果我不是人类的话，我可能永远都不想离开这里。

空气还是又热又湿，不过，一如既往，稍微过一会儿，那热也就只是热而已。不错，我的皮肤就像时刻被一层膜包裹着，可那些一辈子都住在这里的人活得不是也挺好的嘛。周围充满了稀泥、腐殖质、花香和青草的气味……如此的熟悉。我在想是不是可以在这里住段时间，不是住在池塘里，而是住在阿雯旁边，也不是定居，也许就住一个夏天。也许越南也可以是我的家。

"它们不会出来了。"一个男孩的声音从我们附近传来。我们跳起来撞倒了罐子，阿雯拿起网子当武器。

又有一个男孩喊道："别担心，我们不会蠢到去招惹外国人的。警察看见外国人就像看见钱似的。"

一个女孩说道："别害怕，我们可以帮你们抓青蛙。"

几个身影从黑暗中走出来。他们的个子比我们矮。虽然天黑看不见，但是他们肯定是小孩，应该还是小学生。

阿雯厉声问他们："你们为什么不睡觉？"

第二个男孩笑起来："这个女孩挺有意思啊。"

他为什么说阿雯有意思？不过我没说话。

那个女孩说："五千一只，你们要多少？"

"一千一只。"阿雯说。我的朋友正在跟街童们为了几美分讨价还价呢。

第二个男孩说："十只，四万。"

我掐了掐阿雯的胳膊让她答应了。我们站在岸上，那几个小孩蹚水到芦苇丛，使劲儿摇芦苇，发出声响。发光蛙跳了出来，网子往下一沉。看来方法就是把青蛙从它们藏身的地方给赶出来啊。谁会知道这个啊？

突然，我们听到了摩托车急刹车的声音。阿文从车上跳下来，大喊一声："不准碰我的客人！"

青蛙和那些街童都不见了。

这个抓青蛙的夜晚还没完没了了啊？我非常肯定抓这种青蛙肯定是违法的，可没有人咨询过我的意见。我在 PBS 节目里看过，不可以随便迁移物种。看看缅甸的蟒蛇对佛罗里达沼泽地的危害吧。可阿雯是不是说过村子里的池塘里以前也有这种发光蛙？当我在时刻警惕水蛭的时候，她自言自语的话很难听清楚。

阿雯喷着唾沫星子跟阿文说话，最后阿文喊那些小孩从暗处出来。可在他们从网子里抓青蛙之前必须把网子从水里捞出来，而在他们捞网之前，他们要重新商量下价钱。这挺烦人的，不过精神可嘉。终于，有十只青蛙被装进了罐子，盖上盖子。发光蛙的光从罐子里映出来，仿佛被捉住的一线月光。嘿，这应该是奶奶才会说的话，可我居然自己就想出来了。当阿雯把脸凑近罐子，光亮映照出她温柔的凝视，和她那出于真爱的暖心的笑容。

阿雯把钱付给街童，然后我们跳上了摩托车。摩托车在池塘附近转悠的时候，各种违章。阿文一直在抱怨，直到我塞给他五万。在出发之前，我从车上跳下来，跑到那几个孩子那儿，假装是去道歉，但其实我给了每个孩子一张 20 美金的钞票，这有可能导致我被跟踪，可爸爸应该会希望我冒这个险的。

第二十七章
到 南 方 去

早上，阿明哥哥又属于我们了。有他在，我们就可以偷懒、玩乐，什么都不用想。他让阿文和露露带着我们出去玩，还让他们给他也弄了辆本田摩托骑。他拉一个旅游景点名单，并根据其文化价值给它们排了序。他给我们买了面纱，所以我们就可以把胡琼姐姐的面纱还给她，但她不要。

早餐后，我们又去了还剑湖，那里是国家级保护区。白天的还剑湖看起来是另一番景象，到处都是旗子和旅游纪念品，整个一个宰客的地方。阿雯和我装作是第一次来这里的样子，不住地发出惊叹。阿明哥哥滔滔不绝地给我们讲着还剑湖的传说：有一只乌龟驮着一柄剑浮到了湖面上，越南的国王用那柄剑打败了侵略者。乌龟的石像，嘴里衔着一柄剑，永远驻守在还剑湖的中央。谁都无法靠近那座石像，甚至连湖水都不能靠近。哎呀。

为什么越南每一个历史故事都要涉及跟某个侵略者的斗争呢？从蒙古人一直到后来的日本人、法国人，还有美国人。阿明哥哥给我解释为什么会这样，可我马上就昏昏欲睡了。

接下来，我们参观了一个建在树干上的塔。这个真的好酷啊。然后我们去看了法国人聚集区，那里的房子都是别墅，而不是叠摞着的长方形。我觉得我还是更喜欢长方形的房子——非常有越南特色。

我们隔一小时就停下来吃点儿东西，多亏了这个我和阿雯才能保持清醒。阿明哥哥考虑事情很周到，每次都是找那种我们可以坐在摩托车上吃东西的小吃摊，这样的话就不必安排人守着车子了。

我们吃了好大好软的烤鱿鱼，有我的胸膛那么大，像绳子那么软。烤鱿鱼闻起来有点儿像臭臭的鱼干，你得一直不停地嚼啊、嚼啊、嚼啊，不过蘸着烫烫的甜酱吃非常美味哦。我们还喝了三色冰，这种甜品连蒙塔娜都超喜欢喝，在小西贡到处都能买到。原料有糖、新鲜的椰奶、木薯粉和三种豆子。那美味语言不能尽述，必须亲口尝尝。

最棒的是我们还吃了小手指大小的螺蛳。这次我们付钱请老板的儿子帮忙守着车子，因为吃螺蛳需要坐下来全神贯注地吃。蒸好的螺蛳装在篮子里，吃的时候一只手拿螺蛳，另一只手拿一枚缝纫针。要是够熟练的话，可以用针把螺蛳肉完好无损地弄出来。方法正确的话，弄出来的螺蛳肉是一块打卷的肉，把肉浸在散发着大蒜气味的红亮滚烫的鱼露汁里，然后迅速把肉送进嘴里，不能洒落一滴蘸料。蘸料比鱿鱼的气味还要怪，万一沾到衣服上，洗衣服非得把手搓脱皮不可。

阿文是吃螺蛳的专家，是他姐姐贝贝教他的。他把一块完美的螺蛳肉献给了阿明哥哥，他对阿明哥哥崇拜得很，因为和他从同一个学校毕业的阿明哥哥当年考上了奖学金，而他排在第三十六位。

"我排在第二位，如果阿雯的姐姐没有拒绝奖学金的话，我是得不到的。"阿明哥哥说。

"怎么会有人那么蠢，居然会拒绝去海外学习的机会？"

"每个新学年她都会在教室最后面坐几个星期，然后再慢慢移到前面来坐，可她记得她看过和听到的所有的知识。要是这也是蠢的话，我倒希望我也蠢。"

"很抱歉，我太羡慕你们了。穷人家的孩子都聪明，可有钱人家的孩子请家教成绩会比较好。给他们上家教的老师就是那些出考试题的老师。"阿文坚持道。

"老师们去做家教是因为他们的薪水太微薄。想想那些因为家里穷连幼儿园都没有上过的孩子吧。"

虽然听着有点儿伤感，但是听他们说话真长见识。为什么不是所有的孩子都可以上幼儿园？这让我觉得我知道的事情真少。还有什么是我不知道的？

"每个人都那么努力吗？"我问阿明哥哥，"有没有懒惰的孩子呢？"

他笑了："懒惰是那些父母已经跻身社会上层的孩子的专利。对于我们来说，我们追求的是安全、安稳、安心。在任何地方，这些目标都是父母想要为他们的孩子实现的，只有在这儿，孩子们更想要自己实现。"

电话响了。是胡琼姐姐打给阿文的，电话里胡琼姐姐说牙医阿娥阿姨接到了她姐姐阿心阿姨的电话，催我们赶紧回她家去。奶奶一个小时后就到，晚上我们坐飞机去南方。有那么一瞬间，我有点儿失望，要是奶奶不让我陪她去就好了。阿明哥哥列出来的旅游景点有两页纸呢。不过，心里内疚感袭来。我记起这趟越南之行的目的，于是我站了起来。

我在牙医诊所门前又摘了很多驱蚊草。这是一种野草，是一种在任何环境下都可以生长的杂草。我当然要对阿雯的有所保留而抱怨不迭。"你又没问过我。"她说话的时候甚至都没舍得把眼睛从她装青蛙的罐子上挪开一下。阿明哥哥说比起被蚊子咬，这些草让他觉得更痒。"小姐，你应该努力让你的血变成咸味的。"哦，做起来哪有那么容易啊。

侦探和守卫坐着本田抱抱来了——好年轻好时尚哟。我对他俩鞠了躬，然后拉着侦探去了后院。

"别告诉阿娥阿姨我们去过巷子。"我也不知道巷子应该怎么翻译。

侦探斜着身子听，假装听不懂。我打着手势，模仿吃惊的面孔，还有在脏兮兮的路上打滑的摩托车，把刚才的话又重复了一遍。

"啊。"侦探打了个哈哈。

"伤害很多人，说的话，如果。"我双手合十做出拜佛的样子，说，"求求你啦。"

侦探开始说话了，照例又是先深深叹了口气，然后我听他说了一些什么不听话的小孩会有什么后果之类的话。我使劲儿喊阿明哥哥过来。

阿明哥哥告诉侦探，如果他告诉阿娥阿姨，阿娥阿姨就会炒了胡琼姐姐，然后胡琼姐姐就绝不可能给贝贝姐姐写推荐信，那么贝贝姐姐就无法帮助阿文实现留学的愿望了。他们讨论了一番，结论是：侦探坚持认为他有责任揭发我们的愚蠢。啊！

"小姐，你必须给他一个他想要的东西，否则你根本就没有谈判的本钱嘛。"

"他想要什么？"

"问题是你有什么？"

我有五只青蛙（应该有一半是我的，对吧？），一条不合时宜的七分裤，几个星期以前买的干制食品，一套黑得发亮的面纱和帽子，一个装满了草的箱子——然后我想起来箱子里还有什么了。他的破笔记本。

侦探跳起老高，简直不可思议。

"我必须马上拿回我的笔记本。"

别着急呀。我让阿明哥哥翻译给他听：如果他可以排除一切障碍帮奶奶实现愿望，那么在奶奶和我还有爸爸登上回洛杉矶的飞机时我就把笔记本还给他。当然他还必须为我和阿雯保守我们去过巷子的秘密。怎么样，要不要成交？

侦探瞪着我，想用深陷在眼眶里的眼珠子还有毛毛虫一样的眉毛吓唬我。可我也瞪着他，虽然小辈是不应该那么瞪长辈的，可现在是紧急情况嘛。

"现在的孩子！以后的社会该是什么样啊？"

我连眼睛都没眨一下。当然，其实我眨眼睛了，因为我是人嘛，可我眨得不厉害。侦探终于叹了口气，不再讨价还价了。

然后我想起来爸爸应该要来这里和我们会合。阿明哥哥翻译之后侦探摇了摇头，说道："事情紧急，他只能在西贡和我们会合。"

有道理。等见到他，我可要大肆抱怨一顿。奶奶是他的妈妈，爷爷是他的爸爸，我说，他就不能为他们抽点儿时间出来吗？再看看我，从第一天开始就那么卖力。等我回家了，我一定会逮着机会就念叨这件事。

阿明哥哥说他得回去收拾行李，他和阿雯要坐一会儿送奶奶来这里的车回村里去。看见他走我很难过，于是我问他有没有去过西贡，没准他愿意和我们一起去呢。我知道没必要问那位满脑子只有罐子里的青蛙的小姐。

"不行，小姐，我没有时间。开学前我还有很多准备工作要做。在你去南方之前，我必须让你知道越南语的西贡Sài Gòn这两个字的发音都是往下降的，和英语的Saigon不一样，而且一定要更新一下，战后西贡已经改名叫Thành phở Hồ Chí Minh（胡志明市）了，但不能写成 Hochiminh City，那就大错特错了。还有，越南是两个字，Việt Nam，第一个音要从喉部深处发出来，不像英语单词 Vietnam，从历史上看⋯⋯"

这就是我所得到的体贴周到吗？除了真正的越南人，谁听得出区别啊？干吗要这么挑剔呢？不过我不能跟他争执，因为他正在一发而不可收拾地历数外国人对他所深爱的语言的伤害。我听得哈欠连天。

我们听见前院汽车的声音。我扔下还在不停说着的阿明哥哥，跑去接奶奶。我抱住奶奶，她也抱住了我。和往常一样，我又闻到了虎标油和风油精的气味，又摸到了她柔软的、凉凉的丝绸衣服。我居然想过不陪她去看爷爷最后留下的信，太疯狂了。该轮到奶奶做主了。

第二十八章
离真相越来越近了

　　我和奶奶住的宾馆房间狭窄又嘈杂。我以前觉得爸爸对于节约近乎痴迷，可跟侦探比起来，简直就是小巫见大巫。他和守卫还不肯和我们住在宾馆，说这里太奢侈了。他们住在其他地方。

　　昨天奶奶和守卫单独聊了一整天，声音压得很低，所以连我这么会偷听的都没听见一个字。后来我干脆不听了，去收拾去西贡的行李，我注意了"西贡"的越南发音哦。而且我还长了个心眼，把侦探的笔记本藏在了奶奶的箱子里，万一他来翻我的箱子呢？我知道他绝对不会碰奶奶的私人物品……之前都没碰过。

昨天深夜他们把我们送到宾馆的时候，侦探让我们待在宾馆里直到他回来找我们。

"Đi bao lâu?"我问他要去多久。我必须要催他，因为这是我回家之前的最后一件事了。回家，回家，回家。

"Không biết."侦探当然说他不知道，然后他说了好长一通来解释。这时我才发现房间的天花板上有好大的一条裂缝。

不管侦探和守卫要去干什么，都比待在一个没有电视的小房间里强。这里甚至连个像样的电风扇都没有，我刚把风扇档位调到 2 档，它就直接罢工了。

至于爸爸，真奇怪，他居然没来。妈妈在打给侦探的电话里对我说："别担心，他会来的。有个小男孩需要重新手术，现在还没有完全康复。不过，爸爸会到那儿去和你们会合的。"

和妈妈抱怨爸爸也没有什么意思。他们俩都是高尚的人，一直在做高尚的事，而且他们随时都是同声合气的。奶奶对她儿子的难处肯定是很理解啦，她说："就算他不能来，有你在这儿已经很好了。"我觉得说越南话使奶奶的话听上去莫明其妙得得体，所以我不妨也多说点儿越南话。

我叫客房服务点早餐和午餐的时候奶奶都在睡觉。服务员两顿饭都给我上的法国长棍面包和牛奶奶酪。我也不知道是他们觉得我想点这个，还是他们只有这个。我的现场版越南话——在人们可以看见我的表情和姿势的时候——更管用一些。我开始吃已经装在我双肩包里好几个星期的牛肉干和香蕉干。吃的终究是吃的。

　　我觉得太无聊了，无聊到我想一只一只地啃掉手指甲，然后希望它们马上就再长出来，这样你就可以再啃掉。

　　我可以试着读一读阿雯给我的那本书，那是她在我爬上去机场的面包车之前塞给我的，然后一句话都没说就跑了。这算是什么告别嘛？说实话，我并没有想要拥抱她。我在想明年夏天要让爸爸妈妈给阿雯买机票叫她到拉古纳来玩儿。爸爸妈妈欠我的。蒙塔娜肯定会给她提各种化妆的建议，而阿雯肯定会毫不留情地打击她。想到这些我简直迫不及待了。

　　阿雯选了一本全是越南语的书。像小孩子一样，我只能看图片。这本书的主角当然是——青蛙啦。奶奶说这个民间传说讲的是一只青蛙在大旱期间到天上去求雨的故事。我要学习越南语。应该不会那么难吧。这儿的每个小孩子都学会了。

　　"Máy giờ rồi con?"奶奶醒了，问我几点了。终于醒了。

　　已经是下午了。午睡的时间一过，外面的世界又复苏了。哎呀，我怎么又说了个高级词汇"复苏"。我是已经成功地把这些词都彻底打入冷宫了，还是不经意间还在用呢？管它呢，反正它们都在我脑子里扎根了，那就接受吧。

　　"Bà đói quá."奶奶说她饿了。棒！这就是说她不想吃不新鲜的面包棒和不知道放了多久的奶酪。她从来都不吃奶制品，她说吃了肚子里会冒泡——这是奶奶对"放屁"一词的委婉说法。我很喜欢放屁这个英语单词fart，里面有一个art，这是艺术的意思。有谁会不喜欢艺术呢？啊哈哈，看出来我有多无聊了吧？

我们准备出去。我兴奋得不能再兴奋了，因为我已经在这个房间里把所有可能的思维游戏都玩了个遍。每一条缝都被我想象成了一个动物，天花板上的每一个污点都想象成了一张脸。有一张脸上有着看向一边的眼睛和腼腆的笑容。奶奶穿上了她的旅行外套，这意味着她准备在外面待一会儿。太开心啦！

我们刚一迈出房门又立刻回来了，这里要比北方热十倍。好吧，我有点儿夸张。五倍。

"我们得换上湿衣服，不然西贡这么热，不出半小时，我们就脱水了。"

我去前台谈，其实就是比划，奶奶坐在大厅里等。前台其实就是一张木头桌子，后面有一个男的。我叫客房服务的时候也是他来的。他知道我想要什么，可他就是不把衣服给我们，因为侦探严厉地叮嘱过他，让他看着我们不能离开这个宾馆，或者说这座监狱。每个人都怕我和奶奶会被车撞、被抢劫，或者迷路什么的。我只好把奶奶叫过来。

"为什么我要害怕我自己的城市？我知道这里所有开花的树叫什么名字，还知道春天到来的时候每一棵树开花的时间。"

"那位先生说得很严厉，您二位必须要在我们的保护范围内。"

奶奶伸出她温柔的老奶奶的手，服务员别无选择，只好从他身后的方形单人冰箱里取出两套叠好的衣服，湿湿的、冰冰的，还有橘子皮的气味。妈妈以为自己用橘子皮积肥很环保。我要教她这个办法，以后她就不用再买空气清新剂和衣物除味剂了。

我们重新出了门，衣服紧紧贴在我们的皮肤上。这效果真的太好了，就像自带了一个私人小空调一样。我和奶奶手拉手走在歪歪斜斜的人行道上，每走一步都要找地方下脚。我们的脚总是会碰到装食物的篮子啊、放货物的条凳啊，还有用毯子兜在一起售卖的各种各样的东西。更多的时候，我们要绕开或坐或蹲或站的密密麻麻的人群。街上吵得像是有几百万只青蛙在叫。至于气味嘛，我想我已经适应了，因为每一种气味最后都汇成了一种叫做生活的味道。

奶奶指了指街对面。在两个篮子中间有一个柱子，上面有个招牌，上面写着"粉汤"。那是奶奶最喜欢吃的食物，只有在奶奶想吃粉汤的时候爸爸和妈妈才能把她带出门。

可是粉汤摊在街那边。成群的摩托车哔哔叭叭按着喇叭在我们身前身后穿梭。我觉得这简直无法想象，这种交通状况让河内看起来就像是一个小县城。

我们从人行道下来，往前走两步，又被吓回来。我们的衣服开始发热了。宾馆前台那个服务员一定一直在观察我们，因为现在他就在我们旁边，他说他去帮我们买粉汤。

奶奶摇了摇头，说道："汤凉了就不能吃了，而且粉不能在汤里糊太久。"

这个人肯定也有一个奶奶，他知道最好别和奶奶争执。他搀扶着奶奶的胳膊，我则牵着奶奶的衣角。

"过马路的秘诀是不要看任何司机，而是去听引擎的声音。"他说。

我们走进了死亡地带，停下来让过两辆摩托车，前进，又停下来让过四辆摩托车，前进，暂停，前进，暂停，前进，我们终于手脚完好地来到了街对面。我没做什么，不过我对自己非常满意。那个宾馆服务员像跳恰恰一样，用一种欢快的节奏，走走停停地折返回去。

大多数食客都蹲着，碗端在手里，用筷子把粗粗的白米粉拨到嘴巴里。有人给奶奶搬了个塑料椅子，就是那种幼儿园小朋友坐的塑料椅子。全越南的人都又瘦又灵活，所以他们都坐这种小号椅子。奶奶运气好，有椅子坐。就像我说的，这个地方适合老人生活。奶奶坐着的时候膝盖都快顶到脸了，她要了两碗粉汤。我可以和大家一样蹲着吃。

老板看见我们，冲我们点点头。她在一盆油腻腻、黑乎乎的水里洗了两个碗，然后用一条同样油腻的毛巾擦了下碗，然后奇迹般地抽出一张杀菌湿巾消了毒，就是那种可以杀死一切细菌的。如果顾客是本地人的话，最后一个步骤就省略了。这对我来说真是太好了。

她的两个篮子里装着做粉汤的所有材料。一个篮子里是装着肉汁的罐子，不知怎么做到了，仍然是热的，还有几个罐子里装着米粉、蔬菜，都放在篮子的盖子上。另一个篮子里是洗碗水、碗，还有筷子。要是想挪位子的话，老板只需要把凳子放在罐子盖上，然后挑起担子就可以走了。篮子在她的肩膀上的扁担两边摇晃，一只篮子在前，一只篮子在后。

我见过多少次这样的情形了啊？当然，她穿着柔软的黑色长裤，戴着一顶尖尖的帽子，非常有越南特色。

我们一人吃了两碗，吃完以后非常口渴。我们很想喝水，可没有卖水的地方。我们周围的商贩们卖各种各样的碳酸饮料，可是没有无糖饮料，因为据我观察，这里没有一个人需要减肥。

"为什么要花钱买水呢？可以在家里烧水喝嘛。"拼命向我们兜售橘子汽水的小贩问我们。问题是家里烧的水和买的水真的不一样啊。

我们逛了下水果摊，买了些龙眼，因为我特别喜欢吃龙眼。把棕色的果壳剥掉之后，果实看起来像眼珠一样，等吃完果肉，吐出来的果核就像是黑色的瞳孔。龙眼又甜又糯，吃了以后更口渴了，可是真的很好吃。

奶奶说："我们回宾馆去喝水吧，换件衣服，然后再去逛。"我也不知道我们要去逛哪儿，但我当然是双手赞成啦。

可问题来了：宾馆在街对面啊。

我们手拉着手走下了人行道。摩托车像巨大的蜻蜓一样从我们身边呼啸而过，我们又退了回去。我听见奶奶深深吸了口气。然后她朝车流伸出了一只手。前进。我们周围的车有的停下来，有的还是开得飞快，有的跃跃欲试要发动，有的在哔哔地按着喇叭。奶奶哪个司机都不看，一直往前走。摩托车都开得不快，可我发誓有的车真的就差一点点就撞上我们了，我做好了随时被撞的心理准备。拜托、拜托、拜托，让我的脑袋保持完好无损吧。我简直受不了了，于是我向司机们看去。他们绕开我们，减速，刹车，他们都等得不耐烦了，因为他们都习惯了像挤在水槽里的孔雀鱼一样在车流中穿梭。有一辆车看起来就是朝我们冲过来的，我吓得闭上了眼睛。眨眼工夫，我们过来啦！

奶奶笑起来，笑得露出了牙齿，颧骨也耸得高高的，这种笑我以前从没有见过。要是奶奶可以穿过西贡街道，那可是要比河内拥挤二十倍，好吧，确切地说是五倍，还有什么事情是奶奶做不到的呢？

侦探在大厅里等我们，他来来回回地踱着步，用那根熟悉的、皱巴巴的手指朝前台的男人挥舞着。看见我们，他的手指立刻指向了新的目标。

"你们为什么要冒险出去？万一受伤了呢？我们跑了这么远的路到这里，可不能让一起摩托车撞人事故给毁掉整个计划。"

他真的非常焦虑，因为他说的每个字我都听懂了。奶奶只是笑笑，要了水喝，宾馆有烧好了装在玻璃瓶里的水。我们喝了好几杯，还买了一些。

"你们必须认识到留在这个宾馆的重要性，你们要做好准备，我一通知你们就马上出发。"不是吧，他的词汇又复活了。

奶奶坐下来，闭着眼睛问道："你看见信了吗？"

侦探非常不耐烦地叹了口气，说："不管我怎么坚持，守卫都不肯透露您丈夫留下的信到底是什么性质的。我正在策划一个基于信念的大计划。我在申请进入您丈夫亲手挖掘的那个地道，这个申请想要得到批准难度非常大，无异于让我徒手去挡台风。可是我向您保证，我找了很多人为我们解决最后的这些障碍，我真诚地希望几天之后我就能通知您去看那封信了。"

"如果你还没有准备好的话，你来这儿干什么呢？"

为什么他还没有准备好呢？我有我的生活，我已经够有耐心的了，难道他不知道吗？

"带着最崇高的尊重和最大的遗憾，我必须请您……"

奶奶打断了他，她让他转过身去，然后摸索着从腰上的口袋里掏出一个白色的信封。爸爸到底给了她多少信封啊？

"我再次道歉，不过花的钱已经超过了我们的预期。"

"你都在做什么？"

"我觉得您还是什么都不知道的好。"

"如果你是在暗示我必须花钱打点跟你的计划有关的所有政府官员的话，那就去做吧。告诉他们我就在这儿，等待最后的真相。"

"虽然耗费时间，但我向您保证，哪怕只剩最后一口气，我也会完成这个任务的。"

他的用词都特别戏剧化，可是挺适合他的，真的适合他。我只需要听懂一半就清楚他的意思了。他好像还有很多话要说，可奶奶对他鞠了一躬，说她想出去看看。

"恕我冒昧，我坚持认为，您还是留在……"

"我们当然都知道，以我的年纪来说，这一趟旅行应该是我最后看一眼这个占满我记忆的城市了。每个人的心中都有一个真正属于自己的城市。西贡是我的，我想在我还能四处看看的时候好好和她告个别。我生命中最好的岁月和最艰难的岁月都是在这里度过的。我想你一定懂我的意思。"

听完这话，就连侦探的眼睛都湿润了。我要像奶奶一样说话，这样我不必怨怼就能让别人听我的话了。

"您怎么去呢？"侦探问。每次只要他一着急，他的语言就简单了。

我说："坐本田抱抱啊。"

每个人都看着我，像是在问我怎么会知道这个。侦探知道，可他是个好演员。我们觉得奶奶坐本田抱抱可能会头晕。那坐出租车？更晕。公交车？最晕。

"坐三轮车吧。"前台服务员建议道，奶奶和侦探立刻点头。我羞于承认我不知道那是什么。

叮嘱了半天注意这个小心那个之后，侦探终于走了。我们准备了两瓶水、新的隔热衣服，我还在口袋里装满了越南盾。我要让奶奶看看我砍价的功夫。

前台服务员去给我们叫车，我们在大厅里等。三轮车都停在高级宾馆的门口，因为只有观光客才坐三轮车。我以前还以为观光客都坐出租车呢，我咋什么都不知道呢？

"我们要不要去永延寺看看？你爸爸一直都喜欢去那儿。"

"Vâng."这是"好的，女士"的一种特别礼貌的说法。奶奶可以送我去越南语学校，我会很开心的。做什么都比坐在一个小房间里傻看着窗外云卷云舒要好。

前台服务员回来接我们。门外有一辆耀眼的闪着灯的三轮车，坐垫是大红色的，车顶上是有黄色条纹的红色遮阳棚，已经撑开来遮挡下午的烈日。美中不足的是司机，他好瘦，我是说好瘦，皮包骨头的瘦，而他还要蹬三轮。奶奶说别担心，他已经习惯了拉着200公斤的猪肉骑上坡路了。

奶奶是这么讲价的：她给了司机一张20美金的钞票。简单、高效，没有一句废话。

第二十九章
春节的记忆

忘了本田抱抱吧，三轮车才是征服西贡的好东西。哦，不是，是胡志明市。哎呀，阿明哥哥都把我给弄糊涂了。

我问奶奶她是怎么称呼这座城市的。

"在我心里，她的名字一直都叫西贡。"

那我也要这样称呼她。现在我们坐在撑着遮阳棚的三轮车上，迎面吹来微风。车子每抖一下，我们就往厚厚的坐垫里沉一下。我开始吃更多的龙眼，我最喜欢的水果，加利福尼亚也有。我爱我的生活——我觉得不热，吃得饱饱的，坐在车子里，与周围的车流、嘈杂以及各种气味隔离开来。最棒的是，我和奶奶在一起。

"你爸爸刚出生的时候，我和你爷爷只一起去过一次永延寺。当时宝塔才刚刚建好，那是全西贡最漂亮的塔。爷爷要骑着摩托车跑两趟才能把所有的人都带过去。你真该看看那时候我们是怎么把孩子们塞在摩托车后座上的。爸爸骑着摩托车，妈妈侧坐在他身后，一个婴儿抱在腿上，两个稍大点儿的夹在父母中间，还有两个坐在爸爸前面的油箱上，爸爸两只手握着车把同时还要保护两个孩子。我们已经挤成这样了，却还会再带上点儿别的东西。

"我在等你爷爷回去接孩子的时候，一直在担心，我想他要是不回来怎么办。可是他回来了，在卖冰激凌的摊子那里和我们会合。在我担心的时候，和我待在一起的孩子们对于外出却高兴得不行，我的担心越多，他们吃的冰激凌越多。

"春节的时候，每一个寺庙里面都挤满了人，香烟会熏到眼睛。不过，我们还是会牵着孩子们排着大队去拜沉栋先生。沉栋先生的石像很大，他炯炯有神的眼睛和咆哮着的嘴巴是用从墙中凸出来的一块黑色石头雕成的，吓得小孩子们都乖乖的，不吵不闹。不过传说他的心有治病的功能。轮到我们的时候，我尽量踮起脚去摸石像的脚。我使劲儿擦他的脚，然后用沾上他福气的手去摸每个孩子的脸。七个孩子挨个摸一遍。爷爷总是别过头去看别处，他不迷信，不过他会一言不发地把孩子们抱到我面前。

"命运没有赋予他看着我们的孩子们长大成人的特权，也没有让他享受到见证岁月在我们脸上刻上皱纹、写下故事的乐趣，但是，在那些我们在一起的日子里，我们都知道我们最宝贵的是什么。"

我们到了永延寺，可是那儿没有人。三轮司机说他等我们。这个人浑身都是肌腱，脖子上、胳膊上、小腿上都是肌腱。爸爸骑自行车上下班，我以前觉得他的体型很好，可是他比这个司机差远了。我不再为他要蹬车载我们觉得内疚了，因为他甚至都不显得累。

奶奶又往他长满老茧的手里塞了 20 美金。

他摇了摇头说："您刚才给的足够你们今天去任何地方了。"

"收下吧，就当是补偿一下以前的那些亏空吧。"

这座寺庙很华丽、壮观，两列巨大的石阶一直延伸到大殿，大殿的一边有一个塔，塔有好几层，每层都有卷曲的边。我数了一下，一共有七层。奶奶有七个孩子，我很想问问奶奶，是不是七有什么特别的意义，这时她却走向了一个石像。

一个从墙里冒出来的龇牙咧嘴鼓着眼睛的像怪物一样的石像悬在我们头顶上。

奶奶抬起头望着她的记忆。我看不见她的记忆，所以只好默默地陪着她。不知从什么地方飘过来淡淡的茉莉花的香气。这里如此安静，而街上如此嘈杂。然而不知为何，在我心里它们都是我的越南。

过了一会儿，奶奶拉着我的手朝石像走去。她尽量踮起脚，却再也摸不到石像最低的那个脚指头了。确实是的，人老了会变矮。于是我撑着她的腰，我们摸到了石像的脚。奶奶擦了擦石像的脚，然后我把她放下来。奶奶摸了摸我的脸，我觉得自己以一种奇怪的方式获得了祝福。

第三十章
奶奶的城市

　　第二天早上6点，我们就起床了。奶奶想去的地方很多，而且休息了一晚上奶奶似乎已经恢复了体力。我以前从来没有见过她刷牙、穿衣服的动作那么快。我依然觉得很疲倦，不过我还是爬起来了，我真是一个孝顺的孙女啊。

　　我还是穿着在河内的时候胡琼姐姐给我买的衣服。晚上洗了晾在卫生间里，第二天早上肯定就干了。我知道这里没有人关心我穿什么，更不会有人关心我穿什么牌子，一件衣服穿多久，我可以完全随心所欲。

　　昨天我们去了很多地方——去了一个国家级历史遗址，

在那儿我发现香烛的烟会让眼睛短暂失明；去了一个还在营业的法国餐厅，那是爷爷奶奶最喜欢的餐厅，奶奶还在那儿点了一份兔肉酱（我点的是鸡肉），他们以前总是分着吃一份；去了一个公园，里面有个巨大的乌龟石像；还去了石梯；还有一个甜品店，以前哪个孩子得了第一名，爷爷就带他去甜品店。我对奶奶说，如果是现在的话，不管孩子的名次怎么样，她都必须带每一个孩子去甜品店，不然的话等孩子长大后会缺乏自信。她看着我，似乎是觉得我的想象力过于丰富了。

奶奶站了起来，说道："我们去吃早餐，然后去买礼物。"

我的眼睛好像是用胶水从里面粘起来了，要费好大的劲儿才能睁开。可作为一个比大多数西方孩子都更优秀的小孩，我拖着沉重的脚步还是跟着奶奶出去了。

我们的三轮车司机已经在宾馆前面等我们了。他又一次拒绝了20美金。

"用这钱给孩子们买点儿东西吧。"

我不知道他会不会给孩子买东西，不过这样一来他就可以有台阶接受这个钱了。我喜欢这种说话的方式。

吃完饭，我精神一点儿了。我们来到了一个书店。奶奶在看有声书。太好了，她视力在下降，其他地方哪儿能找到越南语的有声书呢？奶奶说她也会给我买有声书的。这真是太好了。

我溜达到英语书的书架前。更妙的是，居然还有双语对照本。我要学习阅读越南语。最妙的是，每本书都有价签，这样就不用讨价还价啦。谢谢啊！我看见一本蓝色的大部头，英文书名叫 *Vietnam A Natural History*（《越南：一部自然的历史》)。看看，他们自己也把越南拼成Vietnam。我是这么理解的：如果是用英语思考，那么越南的拼写就是 Vietnam，如果是用越南语思考，那么就拼写成 Việt Nam。如果一开始学的拼写就是 Việt Nam，那么不管使用什么语言，脑袋里都只会出现 Việt Nam。如果一开始学的拼写是 Vietnam，那么一定要在越南语非常熟练之后才有可能换成 Việt Nam。除非最开始学习的拼写是 Việt Nam 却把母语全部忘掉了，那样的话你脑袋里才会拼写成 Vietnam。我干吗要在乎这些？

《越南：一部自然的历史》里有一整节都是介绍青蛙的，还配了很多图片。阿雯会看的。她读过关于青蛙的英文科学杂志的复印件，还查了所有单词的意思。我也可以试着按那个方式读一读关于青蛙的民间故事。我的书架上的确有一本英越词典。不过我也可以把它做成 PDF 文件发给阿明哥哥，让他帮我翻译。他会很乐意的。

接下来，司机带我们去了一个巨大的带棚自由市场。这个市场被隔板隔成了几百个小间，每个隔间都是一个小店。连墙都没有，又潮湿、又闷热、又混乱。

"人们怎么呼吸啊？"我问奶奶。

奶奶耸耸肩，说道："他们已经这样生活很多年了。"

原来奶奶多年前就在这个市场里买东西，她完全知道在市场的什么地方卖什么东西。市场没有太大的变化。有一个区域陈列着一排又一排的布料，每个店家都卖一样的商品。另一个区域卖旅游纪念品，然后是茶叶区、银器区，好多好多。

奶奶买了镶嵌着闪光贝壳的乌木筷子，她递给老板十美金不让他找钱。她说她不想拿那么多纸在身上。奶奶在每个铺子都向上还价，成了人见人爱的主顾。

我学着奶奶的样子，用美金买太阳镜夹片，这个可以送给阿明哥哥，配合着他那副约翰·列侬样式的眼镜戴。这样他就不用眯着眼睛了。然后我看见一整排遮阳的面罩，一点儿不夸张，有好几百个。我买了十个肉色的，我会匿名寄给阿婵阿姨。这些面罩应该可以让阿婵阿姨重新审视她自己的设计。

面罩旁边是各种颜色的长手套。我看见几乎每个女司机都戴这种手套，她们在太阳下骑摩托车钻来钻去的时候就戴着这种参加晚宴时才戴的漂亮手套，一直拉到手肘。我给自己买了一副红色的，这样我就可以看起来彻底像一块燃烧的火炭了。现在我有一副爵士手套啦。妈妈会想借我的装备来做园艺吧。我给阿雯买了一副黄色的。我甚至都能看见她收到手套时的表情，她也许会戴着手套去抓蝌蚪。我又给阿婵阿姨买了十双各种颜色的手套，我敢肯定她一定能上市她自己的款式。

突然，屋顶上响起了像鞭炮一样的声音，下暴雨啦。老板们赶紧把露天的货品拖到屋顶下面。我看见雨滴有芸豆那么大。哎呀，有一点点夸张。应该有玉米粒那么大，落到人行道上的时候还会弹起来。

奶奶拖着我的手说道："出来。"

奶奶让我做什么我都照办，因为奶奶很敏感。于是，我就脸朝天站在了雨里。数不清的雨滴像箭一般落下来，刺到我的脸上，几乎要戳进肉里去。噢！我这才反应过来，赶紧把奶奶往屋顶下推。可能这段时间等着看信和等爸爸的压力，让她变得麻木了。

"安静站着，你会适应的。"奶奶说道，一直仰着脸。

我又听了她的话。我不能把她一个人留在雨季最大的一场暴雨里，附近的人们都在尖叫。头部保持水平状态，这样雨滴就打在了我的头顶上，不疼，反而很温柔，就像是数不清的亲吻。奶奶肯定是不愿意进去的，因为她在微笑。

"小时候，我非常盼望在夏天下一场暴雨。这种乐趣太真实了。每一滴雨都像丝绸一样温暖又温柔。雨水总是温暖的，有时候甚至有点儿烫。传说雨水可以洗涤人的心灵，就像海水可以治愈人的伤口。"

奶奶伸出两只手做成杯子的形状，她把脸仰得更高了。手中接到的雨水越多，她脸上的微笑就越温柔。我从来没有想过奶奶也年轻过，她也曾经是个胖乎乎的、快乐的小姑娘，不穿雨衣在雨里淋着，就像现在我们周围的孩子们一样。要是我也能这么无忧无虑就好了。我担心奶奶会感冒，爸爸来的时候，如果他能来的话，担心他可能会怎么骂我，担心奶奶怎样能健健康康地去看爷爷的信，我应该怎么带她回宾馆去并保持干爽。照顾人真是一份辛苦的工作，实话告诉你，太辛苦了。

终于，抢救完货物的各色人等，纷纷跑过来给奶奶撑伞。我拿了一把，给奶奶挡雨。她把伞推开了。

司机也来了，他撑着伞，轻轻地想把奶奶扶到三轮车那边，可奶奶不愿意。人们开始窃窃私语。于是司机把伞放下，奶奶才同意走过去。到了三轮车前，司机把顶棚卷起来，这样我们就可以完全暴露在雨里了。就这样——奶奶伸出两只手，张开嘴巴，寻找着过去的记忆——我们走了。

昨天晚上我几乎一夜没睡，浑身的骨头都疼，脑袋也昏昏沉沉的。奶奶倒好，一直打着鼾，睡得呼呼的。我一直等着她打喷嚏，一直摸她的额头看她是不是发烧了。我现在累得连打哈欠的劲儿都没有了，可我还是挣扎着照顾她，问她有没有喉咙痛。

"我的身体已经很弱了，孩子，可是只要我还能站起来，我就要去看这个城市。"

这是在委婉地说她不舒服吗？爸爸真应该在这儿，因为他是医生啊。他在哪儿啊？他让我这么操心，一定要补偿我。

我想睡觉，可是奶奶还想去别的地方看看，道别。这很让人感动，可把起床时间从六点推迟到十点有什么问题呢？我们又不着急。侦探不断地带信来说，他在帮我们安排，可还没有安排好，还要等。到现在我应该已经很擅长等待了，可我并没有。等待真没劲。

在西贡的第一天很有意思，看着奶奶吃着兔子肉，怀念着爷爷。第二天也还可以，虽然在拥挤不堪的小隔间里买东西让我筋疲力尽。第三天，又去了那个有从墙里凸出来的怪物石像的寺庙，因为奶奶还舍不得说再见。第四天，就是昨天，我跟在奶奶屁股后面，一直在想我的骨头怎么那么疼。

在某个景点，奶奶让我留在三轮车上，因为我抱怨得太厉害了。她一个人去另一个寺庙进香。于是，这个下午，我坐在三轮车的遮阳棚下，想着我自己的心事，被蚊子叮了六个大包。那些坚持认为蚊子只在黄昏到黎明期间才出来叮人的人应该坐在我旁边试试。

那些叮咬处已经肿得像十块钱硬币那么大了。我没有办法来对抗蚊子：那些魔法树叶一旦干了就没用了，所以我把它们扔了。我唯一的一套适合城市穿的衣服暴露着脚踝、脖子和脸，尽管我狂吃咸猪肉、咸蛋、咸虾、泡菜（我没开玩笑），可我的血还是太甜了。

那些叮咬处不仅肿起来，而且还非常痒。我别无选择，只好用食指尖沾上口水抹在每个粉红色的疙瘩上。我一边揉一边想妈妈，有时候她其实是对的。要是我有手机的话，我会给她发短信的：口水确实止痒。她肯定会骄傲的。揉着揉着，就不那么痒了。粉红色的包消了，皮肤又平了。我送给远在拉古纳的妈妈一个飞吻。

现在是第五天的早晨，我慢吞吞地跟着奶奶来到大厅。毫无疑问，三轮车司机已经在外面等我们了，摩拳擦掌地要去寻找更多怀旧的乐趣。

前台服务员对奶奶说："我想通知您，您有一个电话口信。"这话他每天都要说一遍。我觉得如果他不那么正式会好一点儿，可是很明显，他喜欢他的措辞。又是一个这样的人。

奶奶拿起话筒，服务员输入密码接入信息。复古的方法，真酷啊。奶奶听着电话留言，脸上绽出了微笑。

真不敢相信：就在今天。侦探会在早上7点来接我们，也就是 27 分钟后。我笑了。最后一关，我对自己说，最后一哆嗦了。

等侦探的时候，我们吃了早餐，还是糯米和绿豆。很好吃，不要觉得我是在抱怨。我就是很吃惊，这么简单的两种材料到底能做出多少美味呢？不过家里的食物好像都是用小麦和糖做成的，所以或许也没啥了不起吧。

奶奶选择了那种让肚子不容易饿的食物，不知道今天会发生什么事。我们穿着最结实的衣服，这是我们唯一的衣服。奶奶穿着她的旅行装，我穿着当地人的衣服。我是受够了晚上洗了白天再穿。等回拉古纳，我一定要把这套衣服烧了。

7 点整，侦探喜气洋洋地走了进来。

"最近几天我们运气真好，大雨让大地变得松软，让我们的目标也实现得更快了。我很荣幸地通知您，所有的障碍都消除了，我们静候您的到来。"

"我们？"

"我们动用了几十个人，还请一位上校签了字才得以成行。但是我有理由相信，我们的一切努力都是值得的。趁着天气还凉快，我们赶紧出发吧。"

我问："不等爸爸了吗？"

侦探摇摇头说："我很遗憾地告诉您，我不知道他目前的状况。"

第三十一章
一封带不走的信

　　面包车里很安静，气氛有点儿紧张。每个人都希望爸爸可以赶回来，只有奶奶说她可以理解。

　　"你看了那封信吗？"奶奶问。

　　"没有人看过。官员们以为您想亲眼看看您丈夫被关押的地方，并没有告诉他们有一封信。我们最好还是不要说出我们的真实目的，因为他们可以用任何理由不让我们进去。我已经责备了守卫没有提前考虑周到并清除隧道里面的任何东西，避免我们这一趟就白跑了，可守卫就只是简单地点了点头。我知道的都已经告诉您了。"

听得出来，他觉得自己受到了侮辱，因为守卫不信任他。这位侦探越焦虑，说话就越清楚。希望侦探一直都保持焦虑这个想法挺不厚道，可我真的是这么希望的。

我们开一点儿，停一下，再开一点儿，又停一下。在这种交通状况下，交通工具越大就越没有优势。跟河内比起来，西贡什么都显得更多：开车的人更多、行人更多、商铺更多、噪音更多、电话线更多、警察更多、红绿灯更多、穿着紧身短裙的女孩也更多。事实上，在北方没有人会这样穿。为数不多的几个穿成这样的女孩子非常显眼。她们都带着面罩和到手肘的长手套。我注意到奶奶在尽量避免看她们。在拉古纳，她就提醒妈妈给我带宽松的长裤，就是为了不凸显我的身材。在奶奶那个年代，不会有女孩子穿成这样，而现在的越南已经被拉斯维加斯影响了。

那位设计了整个北方地区住房的建筑师一定也到南方来过，因为这里也到处都是长方形的房子，一楼都用来做商铺。我们刚刚经过了一栋房子，房子侧面砖缝之间不知怎么栽了很多盆栽植物，感觉像是长长的通风的窗户，让人感觉那房子里面甚至很凉快。如果屋子里安台吊扇，再来一杯柠檬水的话，那么我可以试着在那里常住。

我们坐了太久的车，我和侦探都睡着了。很明显，他昨天晚上也没有睡好。车停下来的时候，我们都醒了。从奶奶警觉的眼神中，我知道她认出了这个地方。

"这里就是古芝？"

"我知道这个地方让您情绪比较激动，不过他就是在这儿留下了信息。"

我拉着奶奶的手，手心全是汗，奶奶还是第一次这样。我从未看到过奶奶出汗。她的眼睛仔细看了一遍这片再次长满灌木和藤蔓的地方。我想知道奶奶在想什么，可她的眼神过于深邃，我都不敢说话。我们踏上了刚下过雨的泥地上，奶奶紧紧抓住我的手。

"Ông đã đi trên đất này." 奶奶说爷爷也曾踏上过这片土地，她还说这儿应该到处都是尘土，并且满目疮痍的啊，不过很多年以前爷爷在这儿的时候的确正值旱季。

一个穿制服的男人出来给奶奶鞠了个躬，奶奶难以觉察地点了点头。我感觉得到，奶奶暂停了思考，也屏住了呼吸，她在努力控制她的情绪，直到她控制好了才能重新思考和呼吸。连我都不知道该怎么去思考、怎么去感觉了。

就在这时，又有一辆面包车停了下来，而且一直按喇叭，这让我都觉得很难堪。车门打开了，然后……是爸爸！我朝爸爸跑去，在泥地里滑了一跤，我所有的怨恨都烟消云散了。我和爸爸紧紧地拥抱在了一起。

"阿梅，阿梅，我很抱歉。我从来没有想过要让你一个人承担这么多责任。"爸爸看着我，他真的在看着我，眼神非常真诚地释放出很强烈的感情。我不禁大笑起来，爸爸又抱了我一下："现在好了，一切都好了。"

我相信爸爸。我们没有时间解答彼此好多好多的问题，因为穿制服的那个人在等我们。我们走到奶奶和侦探那里，守卫也在那儿，现在我才注意到他。我朝他挥挥手，他也朝我挥挥手。奶奶和我分别站在爸爸的两边，都靠着他。

几十个手里拿着铁锹的男孩和男人都看着我们，他们冲我们点点头好像是在表示赞许。穿制服的男人朝爸爸走来。

"很抱歉，我们施工的工具非常简陋，但我们仅得到许可把地道两侧扩宽25厘米，仅可以通过一个滑轮车。我们安装了两个通风机来帮助呼吸。我们本可以原封不动地保留这个隐蔽的地道的。这里是不许进入的。我可以告诉您，战争结束之后还没有人进入过这一段地道。"

我敢肯定，当他说到"地道"的时候，奶奶往后退了一步。我很紧张，我觉得自己的胃都在痉挛。

他带着我们来到地上的一个圆洞前，洞口只够一个人进出。洞口周围是新翻的土，这意味着这个洞之前更小，是为我们扩大的。

他向奶奶致意，然后说："我先爬进去，然后帮助您下去，别担心，这个洞并不太深。进去之后，您就坐在木板上，尽量把头低下。另一个工作人员会跟在您后面，我在前面拖，他在后面推。您准备好了吗？"

奶奶看起来像在做梦似的，我不得不使劲儿拽了一下她的衣角。

"Con đi.（我也要去。）"我说得非常坚定，要让他们知道这是不容反驳的。奶奶没注意到他根本就没有提到我吗？

奶奶终于清醒了过来："Cháu phải đi.（她必须去。）"她说的是我。

那个人脸色有点儿不悦，然后他把侦探叫了过来。他们在谈判，侦探一直保持着请求的手势。看来情况不妙啊。

我举起了手，就像在课堂上那样。他们停止了谈话。

"Con xin theo Bà của con để được gặp Ông." 我也不知道这些词是从哪里冒出来的，可我觉得我说的意思是请让我和奶奶一起去，这样我才能见到爷爷。我以为我会不敢看穿制服的男人，可我一直看着他，我对他微笑着，我的脸上带着我在奶奶的脸上看到过无数次的那种忧伤。

那个人眨了眨眼睛，他肯定也有家人在战争中失踪了，而且我敢打赌他也想知道他的亲人们最后都怎么了。

"不要告诉任何人。因为只有配偶才被允许进入，别人都不行。"

在他改变主意之前，我赶紧站到奶奶的身边。爸爸走过来站到我身后，侦探紧紧跟着爸爸，守卫也跑过来排在最后。他真好！那个长官举起双手，扳起面孔。爸爸走到他旁边，在一通快速交谈并奉上一个白色信封之后，他走开了。

守卫最先下去，然后是爸爸，他在下面接，我和侦探在上面帮忙，把奶奶送到了隧道里。我看见奶奶坐在了一块木板上，木板的大小和长度刚刚可以容奶奶蜷着身子坐下。木板上装着轮子和坐垫，可以用绳子拉动。在这个国家当老人真好！他们把奶奶推进隧道里，给我腾出了空间。我跳下去，被里面的热气呛了一下。我听见风扇转动的声音，可还是非常非常热，隧道里充斥着霉味、腐臭味和泥巴的气味，还有一种奇特的花香味，一时之间所有的气味都扑了过来。一下来，我就趴下用手和膝盖前进以适应隧道的空间。我从来没有如此感谢过能盖住我膝盖的长裤。等这一切结束后，我想我也许不会把它给烧了。然后，侦探跟在我后面下来了。

奶奶坐在木板上，爸爸在前面拖我们在后面推，车轮在昏暗的隧道里吱吱作响。我几乎没怎么用力推，因为爸爸的力气特别大，守卫在前面打着手电筒，爸爸用力地拖着奶奶往前爬。一条漫长而狭窄的通道在我们前方延伸。侦探打着手电跟在我的身后，我可以听见他的叹息声。

潮湿不平的地面有粗糙的树根，从土里冒出来磨破了我的膝盖，但我没有去理会疼痛。我的两侧和头顶都分别被扩宽了几寸。隧道以前到底有多窄？我尽量稳住呼吸，每次推一把木板车都要吸入一口炽热的空气。木板车前进得并不顺利，因为车轮不断撞在凸起的土块上，可奶奶吭都没吭一声。有一次，我把手放在奶奶的背后，可我刚摸到她，她的呼吸就急促起来，于是我赶紧把手收回来。我们的呼吸声和车轮的吱嘎声在隧道里交织回荡。我希望我能看见奶奶的脸或者能拉着她的手。她一定是在想爷爷也曾在这一段隧道里爬行过。我想她连呼吸都是悲伤的。

我们正爬着，守卫喊了一声："1米。"我使劲儿推，吸气，往前爬。"2米。"再推，再吸气，再爬。1米相当于3.28英尺。感觉好像过了很长很长的时间，我的手很疼，膝盖也磨破了。守卫宣布说："再来1米。"一共11米，36英尺，超过我身高的6倍。我累得筋疲力尽。

守卫跳进了一个大点儿的空间里，他可以站起来，然后爸爸也帮着奶奶进去，我把木板车递给爸爸。最后我也跳下去，谢天谢地，我终于把身子站直了。在这个连正常站立都是一种奢侈的地方，人是怎么熬过那么些年的？然而，所有的军人都是这么过来的。

奶奶站在我和爸爸中间，我和爸爸一人搂着她的一只胳膊让她有力气站起来。我伸出手摸到了洞顶，黏土和树根纠缠在一起形成了天然的混凝土。我扯下一块黏土塞进奶奶的手里，也许当年爷爷也摸过这块土。奶奶靠在我身上，她的身体很温暖，我喜欢她这样靠着我。

在地底下，黑暗黑得令人窒息。我张开嘴，大口呼吸着陈腐炽热的空气。那些珍贵的可以流通的空气，爷爷当年却呼吸不到。我强迫自己不要去想当年爷爷在这陈腐的黑暗中，在那漫长的岁月里想过什么、做过什么、说过什么。我受不了了。

侦探打着手电进到了洞里。

"这里怎么可能保留什么信息呢？"爸爸问道。

守卫没说话，只是用电筒沿着距离我们最近的墙壁开始照，光线照到了一个转角，继续往前，又是一个转角，一面墙，一个转角，电筒光线重新回到我们面前。我们所在的洞是一个正方形。

"你在找什么？"奶奶问道。

"是这儿啊。我们测试通道的时候，我单独来过这个储存室，我看见过的。"

守卫把手电筒举得更高一些，又沿着墙扫了一遍。侦探的手电也跟着扫过去。

"啊，在这儿。"他俩一起说。

两个手电的光都停在距离我们最远的那面墙上。墙壁上刻有记号，留下坑坑洼洼的小洞。奶奶看见了什么，一下子站直了。

守卫指点说："要选一个角度看，需要有点儿阴影才看得见。"

现在两把手电都从右边照过来，原来那些洞是用颤抖的手在泥巴墙上抠出来的字母。有很多字母。每个字母都离得很远，有那么一瞬间我觉得这可能是只有奶奶才能读懂的密码。不过我越是认真地看，那些字母就越是明显地组成了单词，还有变音符号在上面：auM tạH gnùT……

"不对，应该从左边往右边打光。"

于是，两把手电同时从相反方向往墙上照去。

我听见奶奶深吸了一口气。

她随着光束喃喃自语："细数每一滴雨热切地想念着你。"

我听见奶奶"啊"了一声，她在黑暗中朝那些字伸出手去。

我努力屏住呼吸，我真希望我们其他人都不在场，这样一来奶奶就可以一个人重新读一读那些字了。从右向左读，没有人会认错那行字，那是爷爷写在每一封家书上的句子，这个句子会在爷爷每一次呼喊他的孩子们的名字的时候生动起来。这个句子会在他生命最后那些年的每一月、每一周、每一天让他心里由于思念妻子而隐隐作痛。

爸爸和我一边一个扶着奶奶走向那些字。一把手电给我们照着脚下，另一把照着那些字。奶奶、我，还有爸爸依次

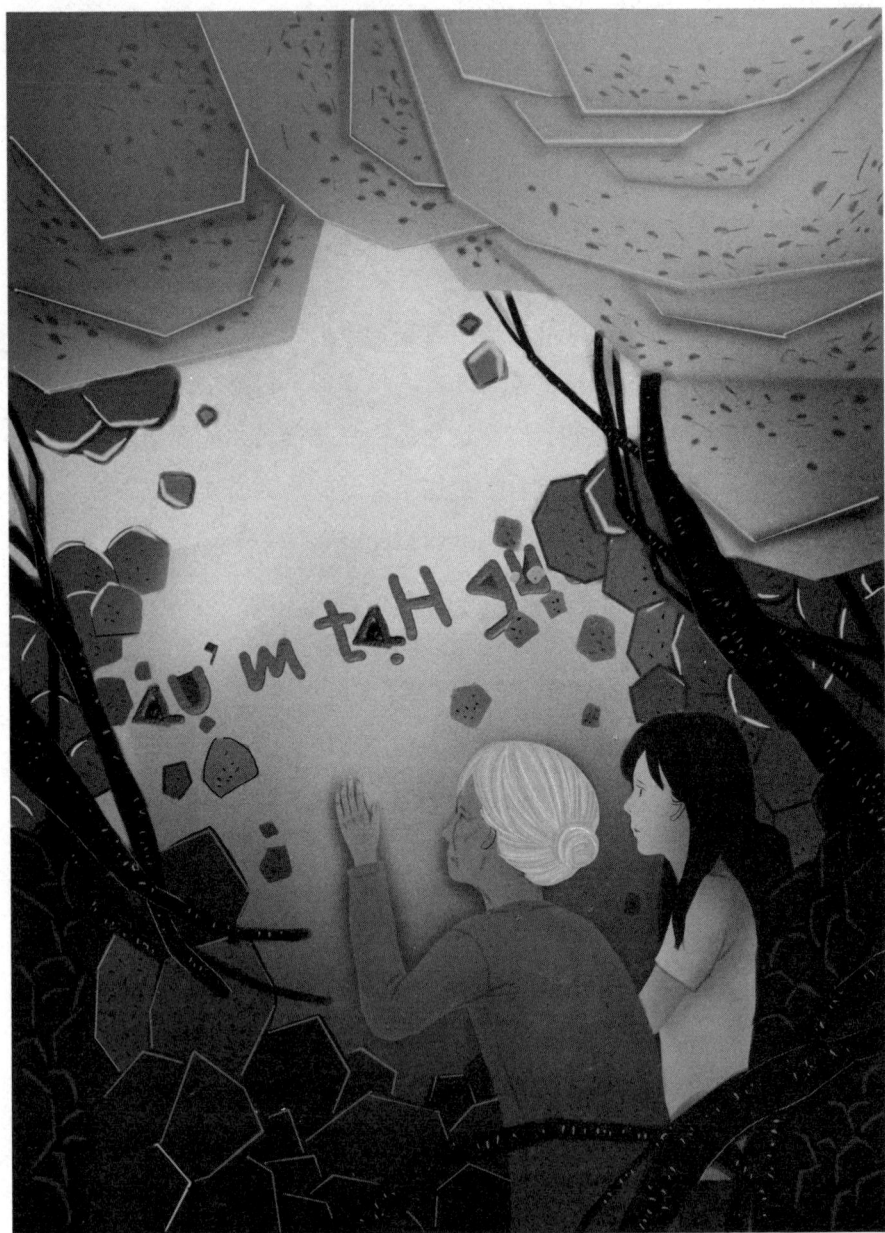

站着，我们一起伸出手去重新抚摸每一个字，想象着爷爷是怎么一笔一划地把它们刻在墙上的。就靠着一块木头和一片铁，爷爷一定花了很长很长时间才把每一个字母和那些小小的变音符号刻在这岩石一样坚硬的黏土上。

当我站在那儿的时候，我觉得其他的一切都不重要了，酷热、封闭的空气、四溢的恶臭，都没有关系。当我听到奶奶的呼吸声变得充实而满足时，我觉得一切都无所谓了。

爬出来似乎只用了爬进去的一半的时间。从地道里一出来，我就想拥抱一下大自然的空气。干净、新鲜、真实。奶奶用我听不懂的话对侦探和守卫表达了谢意，还给了他们每人一个白色的信封。当他们拒绝的时候，她指了指她的心。

然后她和爸爸走到那些工人那里，给他们每人发了20美金。她给他们鞠躬，他们也向她回礼。

守卫在面包车那里等我们。我还没有来得及对他说谢谢，奶奶就把他拉到一边去说话了。我不能去偷听，因为侦探看得见我，而且他肯定会大声训斥爱管闲事的小孩。在我完成了这项长期、复杂的大工程以后，我觉得他看起来更瘦更高了。

守卫走了。他清瘦的身影慢慢走远了，突然，他爬满皱纹的脸转过来看着我，脸上还带着淡淡的微笑。我们最后一次挥手告别。

筋疲力尽的爸爸在回去的路上睡着了。看上去他肯定没有好好照顾自己，他的脸颊凹陷，额头前的头发都糊成一团。在妈妈见到爸爸之前，我一定要把他弄干净。

　　在长长的回去的路上，奶奶一直都望着远方。我知道不能去打扰她，可中途有一次奶奶拉着我的手，轻轻地拍着。

　　"满足了，满足了。"

　　我没有听她说过这句话，但从她眼中的平静可以看出，她想说这句话已经很久很久了。

第三十二章
新 的 决 定

　　休息了一晚上后，我意识到我们可以马上回家了。任务完成了。爸爸没有说什么，只是等着奶奶和我做决定。奶奶也没说什么，她让我决定。终于，日月星辰都归了位，我可以买票回家了。

　　爸爸甚至把他的笔记本电脑给我，让我查回去的航班。有很多航班都是飞洛杉矶的，只要我们准备好了，随时都可以走。我准备好了！我通过网络给妈妈写了一封长长的、详细的电子邮件。我知道她会把这封信打印并保存下来。虽然爸爸已经告诉了她所有的事情，但我还是要给她写这封信，因为我想写。

然后，我忍不住打开了我的脸书页面。果然，更多蒙塔娜和凯文的照片，可我的心已经不再怦怦跳了。也许是因为我离得太远，不过最终问题会自己得到解决，生活还要继续。

有一个好友请求。我点开一看，简直不能相信，居然是凯文！而且是几周以前就发来的好友请求。我的天，我已经来这儿 31 天了，这就像是在给我做记录。当然，我通过了他的好友请求。我还收到了一些信息，点开看了还是不能相信，居然是他发来的："等你回来见。凯文。"

我收回刚才说的成熟又充满哲理的话。哇，凯文给我发了消息，他的名字是印刷体的耶。甭管是谁想出来把凯文的名字 K-E-V-I-N 这几个字母按这个顺序排列的，他都是个天才。

我本来要把航班信息大声读出来的。

不过我没有那么做。

奶奶还攥着那块从隧道里带出来的土块。她的手被磨得通红，土块也开始掉渣。她什么都没说，不过从她的眼睛里我看出她还有心愿未了。

"Bà muốn gì?"我问奶奶想做什么。

奶奶想了很久，她在犹豫是不是该告诉我。

我让她告诉我。

"我想把你爷爷带回家乡入土为安，那样的话等他转世投胎的时候他的祖先们才可以照顾他。因为我的自私，我一直没有放手，所以他一直无法离开我们。如果有一个好地方安息，他就可以和我们告别，然后再重新转世做人。"

爸爸想给我翻译，我阻止了他。

"我听得懂，爸爸。"

我觉得爸爸看我的眼光从没有如此深沉、长久和温柔。

"我可以等。为了爷爷奶奶，就这么办吧。"

回到村子后，我们在第二天早晨天气凉快的时候举行了仪式。就我们三个人，在家族墓地。奶奶在爷爷父母的墓地中间选了一个位子，爸爸挖了一个小小的洞。奶奶把用手绢包着的那块黏土，还有一片蓝色的瓷片放在了洞里。东西不多，可是足够了。

爸爸把小洞盖上了，在干土上浇了一点水，拍实了。

奶奶和爸爸都一言不发，该说些什么呢？

我们每个人点了一炷香，香头发着光芒，香烟袅袅升起，伴着奶奶的念经声。念经声很低，很含混，刚好伴着香燃尽。我们在坟前三鞠躬，然后把香插到地上。香稳稳地立在泥土里。

奶奶又静静地站了一会儿，然后转过身，我和爸爸搀扶着她回家。

吃完早餐，奶奶又回床上了。我觉得她不是累，而是想在那个有蓝色仙女像的房间躺一会儿，她从神像下取了一些瓷片要带回家。

在后院，爸爸的话又给了我当头一棒："我还有 14 个病人在等待治疗，他们已经等了一年了，而且他们的病情并不复杂。我再等等，然后搭乘原计划订好的航班回去。你陪奶奶回家，给妈妈打个电话，她会安排好的。"

我站在那儿，想发火，可我不能。为什么他不该留下来完成他的承诺呢？出于某种原因，我问道："奶奶现在想回去吗？"

"我们不能让你一个人飞回去，所以她会和你一起走。"

跟我们家里人说话的时候，想得到答案从来都不容易。我必须得不停地往外拽出信息，就跟拔河比赛似的。"直说吧，奶奶更愿意等着和你一起回去，难道不是吗？"

"这你得去问问她。"

爸爸叹了口气。我本来以为他会生气的，可他伸出胳膊搂住了我的肩膀。我们的脾气都怎么了？难道我们要变成那种相亲相爱的家庭了吗？他把我的脸转过去对着他，说道："我的缺点是我想要给我唯一的孩子呈现一个完美的世界，可你已经长大了，能听懂道理了。当我们在战争快结束时，乘飞机逃出来的时候，我就知道我很幸运，因为我乘上了飞机。有几百万人都没有这个机会。我从飞机的窗户看出去，看见一个比我大不了多少的男孩挂在直升飞机上。我看见他悬在半空然后掉了下去。我总是觉得很内疚，为什么掉下去的是他而不是我？我始终没法回答这个问题：为什么一个人拥有这么多，而另一个人却只能在绝望中想要抓住一线生机。我想要让你对美好生活有一个清晰的认识，可我发现那是不可能的。"

"你在说什么？"

爸爸笑了起来，说道："生活简单而又艰辛，美丽却也丑陋。"

"你没吃饱的时候，说话总是这么充满哲理。"

爸爸又抱了抱我："别在这儿听你老爸说话了。去找阿雯吧，去玩儿吧。"

"我不是小孩子，爸爸。从蒙塔娜和我上小学开始，我就不玩儿了。"

"那个蒙塔娜嘛，别担心，她会有自己的生活方向的。"

"往哪儿呢？"

"等到了时候她就知道了。去吧，去做你的事情吧。"

我有一个奇怪的爸爸，不过现在他确实对我挺好的。今年夏天我帮了他大忙，这话他说了好多次。我是棒棒的，哦耶。

在奶奶起床之前，爸爸就已经走了。爸爸说如果我想要了解奶奶的生活，我就一定要倾听，不要听她说什么，要听她没说的。听到她的叹息，听她眼睛里的愿望，听那些她甚至对自己都隐藏起来的事实。好吧，这有点儿太高深了，我回头慢慢琢磨吧。

现在，我们准备要去阿婵阿姨家吃告别午餐了。我要去给大家送礼物，然后给妈妈写邮件商量回程事宜。我还不知道是走还是留。

现在，奶奶和我正在去阿婵阿姨家的路上，戴着我的忍者装备。我们走得非常慢。走到半路，奶奶在村子中间停下来，坐在那棵榕树下的长椅上休息。

奶奶没怎么说话，这个是可以理解的。年复一年的等待，最终换来了一块黏土和几片蓝色瓷片。我希望事情已经圆满了。

我们面对大树坐着，奶奶靠在我的身上，她很瘦、很轻。她伸出手去抚摸树干上细小的裂纹，她那半透明的手指在深色树干的映衬下闪着光。她在微笑，是那种和缓的、安静的微笑。

她说："Ông có đây."意思是"爷爷在这儿"。多年以前，爷爷也曾经抚摸过相同的树干。

我也伸出手去和她一起抚摸。在这个村子里，爷爷无所不在。我有一种感觉，奶奶还没有准备好说再见。虽然她没有表现出忧伤，脸上一直挂着微笑，可她的另一只手里一直攥着一片蓝色的瓷片。

"最开始，强烈的失落感冲击着我，我只能勉强喘口气，仅够支持几秒钟，然后发觉我必须再吸一口气。见证了那场磨难的每一个人，都觉得压在心口的大石头永远都挪不开了。然而那巨石有多重，它唤起的生存的渴望就有多强烈。风和雨能把巨石侵蚀成可以移动的岩石，而岩石最终会变成小石子，它们会被磨成沙子，慢慢化为尘土融进血液。然而，这并不是结束。这个过程会重新循环，巨石变尘土，尘土又凝成巨石。有些时候这个过程需要好多年，有时候在不经意间就已经结束。从表面上，你看不出伤痕，可我永远都会记在心里，因为记忆如同血液般重要。

"我给你讲失去，我的孩子，你慢慢听我说，然后就明白你生命中的每一种情绪都是命中注定成为你的一部分的。不要简单地说这种情绪是好的还是坏的，它不过是一种情绪，是你的一部分。当你想哭的时候，就哭，你要知道很快你又可以大笑或者是大哭。你的感情都会汇入你内心的洪流，并在那儿永驻。"

我点点头，虽然我听不懂她说的是什么，就像我也没有听懂爸爸的话一样。他们是商量好的吗？怎么都谈起了人生？是我有什么不同了吗？

就在这时，阿雯跑了过来，她掀起她的忍者面罩说大家都在等我们。她在奶奶的一边，我在另一边，我们扶着奶奶去了我们要去的地方。

阿婵阿姨细致周到地照顾着奶奶，吃饭喝茶无微不至。太好了，我可以喘口气了。

不仅是奶奶，阿婵阿姨为每个人都考虑得很周到。上了年纪的村民坐在一起，他们都坐着有椅背的椅子。侦探也坐在这儿，手里拿着我还给他的笔记本，他在读给奶奶听。我一点儿都不怀疑他可以读上好多天。

中年人喝着七喜兑白兰地。我觉得那种味道很怪，可是大家好像都挺喜欢喝的。

年轻人的桌上摆的肉最多，因为他们还在长身体。男孩子们都从虾场回来了，他们都很能吃。阿婵阿姨安排阿明哥哥和阿兰姐姐坐在一起，我听见他们称呼彼此为"阿哥阿妹"。不用为阿玉担心，她穿着那件粉红色的蓬蓬裙，顺便说一句，她要是在拉古纳的话肯定会如鱼得水。

我希望阿婵阿姨能到拉古纳来安排一下我的生活。那样的话，我肯定就可以和凯文一起去参加春天的舞会、同学会，还有毕业舞会了。既然他已经给我发过信息了，所以我觉得提一提他的名字也没有关系。

阿雯和我一起坐在小孩子那一桌，大家都更想出去玩。每个人都吃得飞快，吃完就跑了。我和阿雯去了后阳台。

我本来以为我会用一个下午的时间来观察肥肥睡觉，噢，好有趣哦。出乎我的意料，阿婵阿姨在后阳台拉起了防蚊网，还挂了一个双人的吊床。这也太酷了吧。我们爬上吊床，还没躺好我就把为阿雯准备的书送给了她，书是用香蕉叶子包起来的，我也不知道为什么。

阿雯一页一页地翻，看了每一幅图片。她看得很慢。最后，她翻到了越南北方章节里关于"棘蛙（棘蛙属）"的内容。她的脸上绽出灿烂的微笑，然后用难以理解的英语读了起来。

我受不了了就把书拿过来给她读："棘蛙属中有很多不同种类，包括棘蛙、石蛙、山牛蛙。"阿雯听得兴奋得不得了。于是我们头对着相反的方向躺在吊床上，我给她读那一章剩下的内容。

"非常好。"阿雯说道。要记下来，这是她用英语大声地表扬我。谁知道可能会发生这样的事呢？

"你……听……懂了？"

"没有，不过我在听。"

"我可以……教你……发音。"

"好啊，现在就教。"

我在做什么啊？

她还不知道，奶奶和我可能一两天之后就要走了。可阿雯应该猜得出来，因为我们都举行了告别聚会了。阿雯毕竟是阿雯，她可能根本就不关心我们走不走。我要是再待 12 天然后和爸爸一起回去呢？他肯定巴不得，这样他就不必为了修改奶奶和我的回程机票多花 300 美金了，那笔钱都能买 4 辆自行车了，这样爸爸的病人里又有 4 个人可以有新自行车了呢。这可是大事情。

"教我吧，"阿雯说，"我要参加一个考试，去争取跟随一位科学家学习的机会，这个科学家在丛林里收集青蛙的数据。我必须学会用英语说学名。"

我又读了一章来测试我对这件事情的兴趣。我真的能花12天的时间来给她读那些青蛙、蜥蜴和蝾螈吗？阿雯肯定会高兴。奶奶也是，她肯定很想在爷爷生活过的地方再多待一些时间。我觉得她会去家族墓园里爷爷那个小小的墓地，给埋着黏土块和蓝色瓷片的坟墓浇水。

或许我可以留下，说不定我也会觉得很有意思。在拉古纳也没有要紧的事情，不是吗？妈妈忙着处理她的案子，我能见到凯文的时候自然就见到了。至于蒙塔娜嘛，过段时间再见也无妨。

阿雯摇着我手里的书，说道："读啊。"

"为啥呢？你又……听……不懂。"

"所以才要听啊。"

"识别所有的棘蛙仍然是充满挑战的，因为它们的棘状突起具有季节性，而且只有成年雄蛙才有棘状突起（虽然在中国云南，一些成年雌蛙的蹼上也有棘状突起）。令事情更为棘手的是目前的分类法……"

我抬起头看阿雯，她半眯着眼睛，像在做梦似的。她想让我给她把这本大部头全部读完。这我恐怕不行。

"接着读啊，怎么停了呢？"

"我……不能……整个……夏天……都……待在这儿。"

"大家都知道啊。再留 12 天，还有 12 场告别聚会。"

"当……真？"我必须要承认，我的虚荣心得到了满足。阿婵阿姨居然为我们筹备了 12 场告别聚会。我想知道下一场聚会我们吃什么。

"读吧。"

我可以在未来 12 天用两种语言来应付颐指气使的阿雯吗？

"如果我给你读……我能得到什么？"

阿雯坐直了身子，吊床被弄得晃起来。我敢肯定她在搜肠刮肚地想谈判的筹码。我的意思是说，我给她读关于青蛙和其他滑溜溜的动物的书，她该回报我什么呢？

"你可以选一只我的发光蛙。"

哈，阿雯用半越南语半英语说出的这个提议还不错。

"朋友，还有别的吗？"我也两种语言混杂着说。注意啊，我用了朋友这个单词哦。

"我可以让你开石榴，还可以喂我的青蛙。"

哈，这个有意思。我可以录视频给妈妈让她开心，因为妈妈的案子进行得不顺利。

"还有呢？"

阿雯看着我，紧皱着眉头，躺下去思索了。我也躺了下来。我俩都把一条腿悬在吊床外面，一个人蹬的时候，另一个人就把腿抬起来，反之亦然。于是我们有了一个节奏，蹬，歇，蹬，歇。很快，阿雯开始用越南语自顾自地说起了她的梦想，就像她正在做梦一样。她说她想去森林里，去研究青蛙。我必须得说，躺在这里听她说话真是又舒服又甜蜜。吊床一直摇来摇去，阿雯一直在说，说着说着就陷入半梦半醒状态了，我开始用英语讲我第一次听见凯文说话的情景。

"我们当时正在讨论一首诗的结尾一句——没有人，即便是雨滴，也不会有如此纤细的手。凯文也不知道是从哪里冒出来的，他说也许是因为诗人太爱她以至于……"

阿雯插话道："E.E.卡明斯的诗。"

我弹起身来盯着她："朋友，你知道啊？"

"诗是好诗，我们在课上听过很多遍它的音频版。"

她怎么可能记住我去年在英语课里才学到的诗呢？

"要是我……给你读完……整本书，朋友，你能不能……教我读……越南语？"

阿雯的眉毛紧锁。毫无疑问，她肯定是在规划我的语言学习进度。她使劲儿地盯着我看，可能是在评估我大脑的潜能吧。终于，她说："哦。"我明白她的意思是"成交"。

就在这时，我决定了，留下。

图书在版编目（CIP）数据

十二岁的旅程／（美）赖清河著；罗玲译.一昆明：
晨光出版社，2017.4（2025.7重印）
ISBN 978-7-5414-8905-1

Ⅰ.①十… Ⅱ.①赖… ②罗… Ⅲ.①儿童小说－长
篇小说－美国－现代 Ⅳ.① I712.84

中国版本图书馆 CIP 数据核字（2017）第 044356 号

LISTEN, SLOWLY
by
THANHHA LAI
Copyright ©2015 by Thanhha Lai

This edition arranged with INTERCONTINENTAL LITERARY AGENCY LTD (CHILDREN)
through Big Apple Agency, Inc., Labuan, Malaysia.
Simplified Chinese edition copyright:
2017 Beijing Yutian Hanfeng Books Co., Ltd.

All rights reserved.

著作权合同登记号 图字：23-2016-147号

SHI ER SUI DE LÜ CHENG
十二岁的旅程

出 版 人　杨旭恒

作　　者	〔美〕赖清河
翻　　译	罗　玲
绘　　者	帽　炎
版权编辑	王彩霞　　杨　娜
项目策划	禹田文化
译文审订	张　勇
责任编辑	李　洁
项目编辑	李　想
美术编辑	沈秋阳
封面设计	木
版式设计	晓　珍

出　　版	晨光出版社
地　　址	昆明市环城西路 609 号新闻出版大楼
邮　　编	650034
发行电话	（010）88356856　88356858
印　　刷	北京润田金辉印刷有限公司
经　　销	各地新华书店
版　　次	2017 年 4 月第 1 版
印　　次	2025 年 7 月第 24 次印刷
开　　本	145mm×210mm　32 开
印　　张	8.5
I S B N	978-7-5414-8905-1
字　　数	164 千
定　　价	28.00 元